LOCUS

LOCUS

LOCUS

L O C U S

catch

catch your eyes；catch your heart；catch your mind……

catch 077

恍惚的慢板

作者　柯裕棻
責任編輯　陳郁馨
法律顧問　董安丹律師、顧慕堯律師
出版者　大塊文化出版股份有限公司　台北市105南京東路四段25號11樓

讀者服務專線　0800-006689
TEL　(02) 87123898
FAX　(02) 87123897

郵撥帳號　18955675
戶名　大塊文化出版股份有限公司
e-mail:locus@locuspublishing.com
www.locuspublishing.com

行政院新聞局局版北市業字第706號

總經銷　大和書報圖書股份有限公司
地址　新北市新莊區五工五路2號
TEL　(02) 8990-2588（代表號）
FAX　(02) 2290-1658

初版一刷　2004年9月
初版九刷　2017年5月
定價　新台幣240元
ISBN 986-7600-69-X　Printed in Taiwan

恍惚的慢板

→ 柯裕棻 ∘ 著

目錄

一　行走，空間

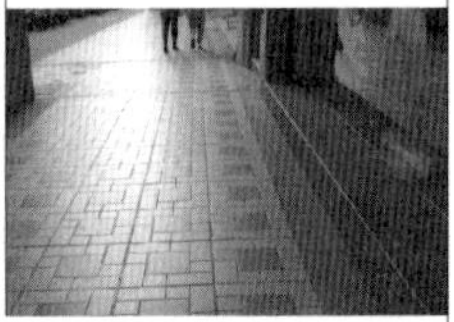

二　風景，人間

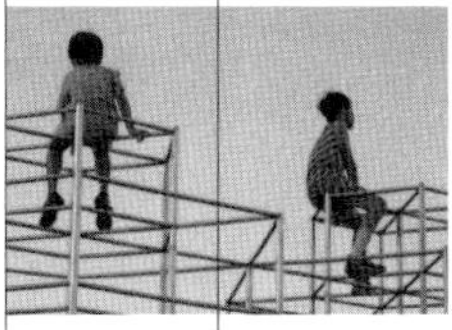

三　移動，時間

序

紀大偉

←

17:21

前途無效

步入東京地鐵站，將印有「夏目漱石」肖像的鈔票插入自動售票機，機器吐出來一枚單次乘車票，看起來像廟裡求出來的籤。籤文顯現一行漢字警語：「下車前途無效。」

不是前途無量，不是前途無亮，而是前途無效。

中文使用者以望文生義的方式閱讀日本漢字時，總會遇上錯愕的時刻。日文符號宛如野球（即，棒球）一般的符號撲向我們，而我們這些麥田捕手卻常撲了空。但這些錯愕時刻，正可以讓我們驚醒，讓我們不至於將日常生活視為完完全全的理所當然，讓我們留心符號和生活之間的破綻。這種破綻提供了「距離」：因為美感的距離，思慮的距離，我們得以借用既往忽略的角度重新認識自己，以及自己苟活的所在。

「前途無效」，是常俗生活的一種共識：如果乘客還沒有抵達原本決定的目的地就提早下車，那麼剩餘未用的價值就「無效」；乘客不能夠利用剩餘價值另乘地鐵，或要求退錢。籤符一般的票，是一紙合約：乘客一旦啟用了車票，就進入「合約空間」，必須接受早就被人單方規定的遊戲規則。

「前途無效」並非多退少補，而是多不退少要補。乘客必須自行吸收自己變卦的行程，倒了霉只能責怪自己舉棋不定。將幾截香煙屁股收集起來，還可以拼湊成一根科學怪人風格的香煙，過個回收的癮。可是，煙屁股邏輯並沒辦法讓我們拼湊出另一張暢遊都市的車票。

「前途無效」的殘酷法則並非只在地鐵生效，而也在其他繁多「合約空間」揪住我們。我們曾經天真以為自己是猶太哲學家班雅明筆下的漫遊者，袖手穿梭各種物質空間和精神空間；然而時至今日，漫遊者早就被迫成為消費者，必須把袖手的手抽出來乖乖付費，購買「合約空間」的暫時佔用權。除了地鐵之外，傳統咖啡館、網路咖啡店、以兩小時為一個QK單位的不倫賓館、卡拉OK套房、理當在四年之內念完畢業的大學、年費以萬元為單位的健身房、吃到飽的歐式自助餐、一票玩到死的雲宵飛車樂園，以至於一夜情、冬期限定的試婚、嚴選的婚姻，都是漫遊者／使用者付費的空間。不過就算乖乖付了錢，也不等於可以長期佔用空間，而該在賞味期限屆滿時將空間繳回。如果賞味期限多得用不完，在期限之前提早繳回空間也討不回剩餘價值，因為「前途無效」。

「前途無效」只是個小小的規矩，我們卻能以小見大，管窺當代生活的運行機制。有人說當代生活仍然「現代／摩登」，有人說它早就是「後－現代」的禁變，也有人說它具有「後－後－現代」的姿色。但不論我們所處世界是不是「後現代」，我們大致上還在信奉「現代化」時期的幾個信念：推崇「理性」，追求「效率」，享受「方便」。包括柯裕棻在內的多位論者提過，卓別林的《摩登時代》、佛列茲朗的《大都會》、芥川龍之介的《齒輪》等等作品，不但呈現了近百年前對機械文明執迷的現代化浪潮，竟然也預言了當代吾輩所處的二十一世紀。我們仍在工廠生產線的履帶上奔跑，像是逆向搭乘電扶梯的頑皮小孩。

我們仍然愛好現代化時期的殘羹剩飯，所以犬儒的今日人類還是願意依賴「合約」。合約建立在理性的前提之上；理性也和現代化密切相關。一旦有人違反合約，就會被視為理性秩序的挑釁者，被視為現代化社會的破壞者。時至二十一世紀，我們仍然襲用「某人不理性」，「某人沒效率」，「某事不方便」之類的詞語來陳述抱怨，仍然想要處罰那些不遵守理性、效率、方便的麻煩人事物。包含車票在內的各種合約死死綁住吾輩，彷彿綁得越緊就越有現代感。

根據現代化精神的想像，理性的人類在高效率的空間之中方便遊走移動。如果哪一個環節脫軌了，跳針了，現代化的美夢就出現裂隙，不再天衣無縫。此時，就有人要接受處罰了。「前途無效」就是一種規訓，用來教訓那些防礙理性、效率、方便——亦即和現代化生活作對——的恍惚乘客。這些舉棋不定的乘客，被視為現代化時代巨輪的阻力。除了在地鐵遲遲無法決定該在何處下車的猶豫乘客之外，進了ＱＫ賓館卻性冷感／性無能的人客、交了年費卻頻頻找藉口不健身的懶蟲、歐式自助餐館之中的憂鬱厭食者、悔婚的新娘等等，也都會遭受「前途無效」原則處罰，之前付過的金錢、時間、空間，以至於感情，全都討不回來。

值得留意的是，上述這些「前途無效」的各種受害者，經常因為長期受到社會制約，所以不但不會跳出來質疑自己為什麼該受罰，反而相信自己果真是阻礙現代化的人民公敵。有些人並不像柯裕棻一樣想太多，反而自責，提醒自己下次別再犯錯。

其實，許多違反「前途無效」原則的恍惚者並非「故意」挑戰「人／空間」的合作，而大多「無意」間曝露了「人／空間」的矛盾。有人可能因為經濟動力而在空間中推進，卻因為情慾動力，鬼撞牆似地停滯不前；又有人因為情慾動力而向前衝，卻因為經濟動力而提早下車。各國描述現代化的文學和電影，經常「湊巧」將火車／電車植入故事內容，火車／電車成為故事裡的轉捩點，而故事主人翁因為火車／電車的無效前途改變了人生境遇。在日本電影《赤月》中，常盤貴子和伊勢谷友介因為各自上了火車而倖存；在韓國電影《太極旗》中，張東健、元斌因為一起上了火車而倒霉。也別忘了我們的《悲情城市》——言語不便的主人翁，就是在火車上差點挨揍。不斷盲目向前衝的現代化交通工具，是現代社會的方便隱喻。前途身不由己，並不只是這些角色自己的難題，也是整個現代化過程的痛楚。

如果能夠暫時摘下現代生活意識型態這一個緊箍咒，大概會發現：被現代化空間排擠的遊魂，反而開拓了我們對於當代生活的想像。在主流的「人／空間」互動方式之外，他們以身試法，曝現了多種另類的「人／空間」互動方式。人生寄寓在地鐵等等空間之中，為何一定要準時下車，為何不可以坐過頭，為何不可以心生悔意提早下車，又為何不可以一直賴在車裡拒絕離席？為何我們一定要信奉理性、效率和方便，並藉此犧牲了、簡化了空間和人心的複雜風貌？

柯裕棻的最新散文集，就是忽視前途的旅程。因為忽視前途，不大在乎前途是不是有效，才不至於被現代生活的理性合約綁得死緊，才得以在行程之中脫逸。才能夠在搭上現代化交通工具之後，沒有依照原先計畫下車，反而享受了茶與同情，為了嘉義雞肉飯而坐過頭，賴在廣東館子耽看公共電視，懶得回家。

這本散文集裡的人物是「害群」之馬，前途茫茫，從工廠生產線的履帶逃脫而去。不過，合群的同流風氣已經在台灣產生濃厚的溫室效應，唯有害群之馬才帶來清涼的氣息。

自序

←

05:47

想太多

這本書是關於都市生活、行走、張望、來來去去的人，還有恍惚的寧靜。某些地方關於速度，某些時候來自靜止。這些文字寫於一段慌慌張張的日子，大約起自瘟疫蔓延的春天，經過低盪的炙夏和散漫多風的秋，捱過沉緩的冬天，終止於梅雨之中。那段時日我常常一個人慢吞吞，走過這個城市大起與大落的表面。

那些日子，過著的時候覺得紛亂，過了以後，想想，覺得靜好。

如今我自己看來，果然是非常如實地寫下了一段起伏的生活態度與心情，我彷彿是一只在空中飄揚的風箏，起風的時候跟著舞動，平息的時候低頭過日子，這是時代與人的關係，也是都市與漫遊者的關係。

我非常喜歡走路，非常。

在都市裡，能夠慢慢兒走路是福氣。不為什麼，只是走著，看著，走著，站著，這樣心無雜念走一條喧囂的大街，專心繞過左支右絀的騎樓，遇見紅綠燈的時候我總是忍不住思索符號學的日常意涵，我不知道如果沒有顏色的意義我們還會不會行走，或是穿越馬路。

或是在日正當中時穿越一處郊區的相思林子。

日色又斑駁又濃烈，林子也喧囂如大路，偶爾停下來在大理石砌成的涼椅上發怔，查看給蟲子叮咬的紅腫，裙腳拂過椅面上薄薄的微塵，完璧的均衡打散了，噢，我想，今天我是第一個坐它的人。

在人行道被落葉打著的那一天，我收到一串紫水晶，當然在那之前我已經切過生日蛋糕並且許了平淡無奇的願望。向晚的天色甜美像一杯香檳。我的願望如此俗常渺小，比不上遠方星子謙卑的光和酒杯裡朝生暮死的氣泡。我於是將它扔進茶杯裡，讓它與風暴共存亡。

我學會許多事，我學會和陌生人說話，下雨的時候我學著不再感到沮喪，下午三點之後不輕易感到厭倦，輸給世界的時候不會伏在桌上哭泣，我學會散很長很慢的步，聽見流言蜚語的時候會吃吃發笑，並且不再認為自己應該為月亮陰暗的那一面負責。

我總是想得太多，我已經接受這個事實並且不再否認。我有富貴手和散光，我長年熬夜，我的房間很亂。我喜歡拖延進度。我不容易相信他人。

早上的咖啡還沒有喝完，下午的時候兔子不應該曬太陽，黃昏時替山茶花澆水，半夜裡不吃冰淇淋。剛剛有沒有說錯話？藍色的小玻璃杯究竟那兒去了？大吉嶺喝完了嗎？

走路的時候，我想的無非是這種事，瑣事。可能想得太多了。

有一天中國時報人間副刊的楊澤問我能不能寫三少四壯專欄，我慣性地猶豫了一會兒，支支吾吾不知道該如何思考這個可能性。楊澤說，妳想太多了。這通電話講得很倉卒，我為了克服自己想太多的習性，就不假思索答應了。我常常這樣答應很多事，其實只是為了克服自己。

初始我常常感到莫名的不安，台大城鄉所的夏鑄九老師回答我不少問題，歷史的，理論的，建築的，也包括「這樣真的可以嗎」這種想太多的問題。

謝謝楊澤，否則寫不出這本書來。也謝謝夏老師。

另外謝謝幾個在我想太多的時候適時鼓勵我的朋友，他們都是寬容而且優秀的人，特別謝謝林文佩、陳憶寧、方念萱、以及郭力昕。感謝風和日麗唱片行、院子咖啡、林暐哲音樂社，他們提供了各種實質以及心靈的空間，可以隨時休憩也可以任意迷失。謝謝陳郁馨、洪國鈞、鄭至行和紀大偉，一直都是堅定的朋友。

現代生活

現代生活有一種兩難，它一方面將人困在規律和無味的實用主義之中，進行永無止境的競爭與創建，以世俗的算計否認熱情與想像；可是另一方面，在精神上又強調自我的追求和實現，探索完整而崇高的美感超越。這個兩難如同一個雙重的夢境，人困在鐵籠也似的規馴系統裡，服從社會的角色規範，卻又想經驗一切，想看盡絕美與深沈，光明和黑暗，儘管這些標高的經驗無法從日常的作息中汲取，它們仍舊是現代精神的終極目標。

順從集體又追求自我這樣的雙重夢境當然造成一種幾近精神分裂的生存困頓，現實生活其實無法提供自我完成的物質基礎，一個人只能不停感受夢想失落與薄弱無能的自我。

日復一日走在人潮洶湧的街頭，或是高樓下的窄巷裡，沒頂於令人厭倦的會議公文，或是為小額金錢的營生而操煩，如此的現實只能成就個人式的小感傷。在生產的過程中偶爾停下來，張望四周，體驗片段不完整的自我，並且為這些瑣碎的、渺小的事物尋找可以串連的意義，建構一種敝帚自珍的小浪漫與小哀愁。

這是放棄的姿勢，帶著一點點「沒有明天只有現在」的負氣，從超越的堅持中斷裂並脫離開來。

為了生活的意義，有人選擇徹底而決絕的出走，有人在美的耽溺中尋求自我，有人在物品的世界裡建構片刻的宇宙，在情感結構裡確認真實的價值。也許強大的魔魅已經從現代社會消失，因為理性與科學將事物化解為邏輯與能量公式，但是人們卻從周遭的物品中造出了小小的俗世神祇，各自有各自的膜拜儀式，各自對應一種現世的病徵。現代社會持續對偉大的神話進行除魅，卻在生活的角落產生更多的，蜉蝣也似的，流動的魅惑。這構成一種流動的主體經驗，形成以隨機（不是無常）為基調的生命主題。

如果連這樣的意義都尋求不得，沒有熱情或想像將碎片連結成看似完整的句法，那麼人生的意義將陷入絕對的混亂裡，一個人會從無盡的碎片中瞥見狂亂的無意義深淵。人面臨這種無意義的狀態將不能理解自己的存在，也無法為己身的存在發言，生命事件都變成不可解的意外，其內在與表象均無法訴說，那麼一個人難免會瘋狂，黑洞一般解消自己的意義。

只是，理性馴服的鞭策沒有放過任何人，而追求徹底救贖仍然是普遍的思想底層，隨著生活結構越來越嚴緊的壓縮，生活的意義與逃脫的可能性越來越少，那麼，超脫的精神追求也就越來越折磨人，越來越不可得，精神的追尋終究成為一種嚴厲的自我責難。

這個高不可攀的理想彷彿變成了月光，亦步亦趨跟著，不論行到哪裡，它固執地高懸你頭上，逼著你把自己不同於白晝的影子看明白了。

現代生活是一組亂數，行走於都市裡，我時時感到分崩離析的透明時空以及不透明的事物表象彼此交錯，形成世界的圖像。我不斷向外尋求空間的意義，如此我置身其中亦能感到片刻的安歇。在一株牽牛花紫色的露水上能夠反身見到什麼自我的樣貌，在一隻小動物的眼神裡見到何種人世的悲憫，在計程車司機的淚水裡看見什麼似曾相識的痛處。

這是片刻又及身的世界，在我們短暫的行走之間，意義偶然顯得悠長，我未必能見著永恆，但這又何妨。

一行走，空間

6:06

←

8:22

人行道

在台北，只要是臨街的公寓，一樓全租了出去做店面生意，這幾乎已經是城市的生態定律了，偶爾見著沒有做生意的人家，敞著大門面對車水馬龍過家居生活，還會感到奇特，彷彿他們坐在金坑銀礦上而不自知。

我們這公寓恰恰在一段熱鬧街口的轉角，一樓照例租出去做店面，但是都做不久。

說也奇怪，街的那一頭非常熱鬧，人潮匯聚，幾尺之間有數家連鎖餐廳和便利商店，從早到

晚喧嚷不休，但是到了這個街角，陡地冷清了，連路燈看起來都比較孤寂，路樹也有一種單薄的姿勢。

人不來，店也難做，因此這棟樓的一樓店面平均半年就換一次店主，各種名目高雅的生意都見過，美髮沙龍、花店、咖啡店、茶店、服飾店、珠寶店等等，每一次我們看見裝潢工人來了，就感嘆：「啊，果然還是換了，不知道接下來是什麼店呢？」住戶們有時候在樓梯間遇見了，也會彼此感嘆一番，說：「唉呀，那個花店走了真是可惜呀。」一副看透世事興衰的口吻。

街的這一頭因此時常處於汰換的狀態，活動力不強，地氣人氣渙散不足，熱鬧不起來。

然而，在街道熱鬧的那一邊，卻有一戶人家兀自過著一種零散而且隨便的日子，杵在海鮮餐廳和便利商店之間，不做生意，也看不出他們是靠什麼維生。老爺爺不論晴雨，搬了小凳子坐在門口看人行道上往來的世人。正對著他家門口那棵行道樹就像他自家門前栽的，喝剩的茶汁就往它身上倒，腳踏車也靠這棵樹放。他和那棵樹的關係看上去是天造地設的，正如同有的老爺爺和媽祖廟前的大榕樹，或是有的老爺爺和四合院桂花樹的關係一樣。

行道樹是市政府栽的，照理說歸市政府管，但是這家的爺爺卻把它當成自己的花圃，整理得花團錦簇，施肥剪草，完全不馬虎。

有些黃昏，他抬出一塑膠桶的水來，在人行道上洗拖把，怡然自得哼著歌，水潑得四處都是，慢慢流進下水道的鐵柵欄，藤椅子一搖一搖，斜陽映在他背上，在這台北繁華街頭潑出一小塊異質空間，完全是四合院的氣氛，屬於另一種座標。身著端莊黑衣的上班族，神采奕奕經過他，踏進他的時空，又踏出去，他也不為所動。

這戶人家的兒子大概原本做著一份工作，但是後來又不做了，也許是不景氣被裁員了，或是在哪兒的生意收了，改在自家門前洗車。也不知道他是從那兒兜攬來的生意，不時看見他在門前人行道邊洗各種豪華房車。老爺爺儘坐在一旁看他，沒有褒貶，從那神情實在看不出來父子關係究竟如何。

每次我經過這戶人家門口，總忍不住往裡面望望，看見一家大小捧著晚餐看電視，像看見一處不合時宜的洞穴，裡面住著對世界視若無睹的人。過往的行人都看見爺爺穿白色汗衫斜躺在黑皮沙發上，小孩的作業本子攤在茶色玻璃的茶几上，後面類似酒櫃的櫃子裡擺了各種不知是什麼的雜物，牆上掛了烤金漆的鐘，白色羅馬磁磚地上趴著一隻黃毛博美狗，這狗不等閒出門的，最多只在坐在門邊上空吠行人。

老爺爺是不拘任何時候都在的，人行道也是，行道樹也是。他們的生活如此不假思索，辛苦的，自在的，凌亂的，都從屋子裡毫不掩飾滿了出來，橫陳在人行道上，任路人觀看也不以為意。這人行道在他們眼裡，大概是一條院子裡的路，只是讓了出來給我輩穿行，我得以進入他們的開放生活，這是他們的慈悲。

小巷

台北的巷子和台灣所有城鎮的巷子一樣，縱橫，可是沒什麼沒道理。不熟的人一頭轉進小巷，那就別想自由思考，只能任著巷子帶人走，這就不是人走路，而是路領人，走到哪裡算哪裡，別有一番迷路的風景。

若是趕時間抄捷徑，自作聰明左轉右轉，繞過幼稚園、香雞排，閃過摩托車，經過洗衣店，自助餐，看見轉角的超級商店招牌，一出來，嘿，絕對不是原先預期的出口，也不是料想中的那

條大馬路。一半以上的機會，會回到比剛才更遠的位置上，白費功夫，只得重新來過。這像個投機者的檢測機制，越想投機，巷子就越曲折，把人送回原點，像寓言故事結尾時的道德勸說，叫人恍然大悟又悔不當初。

但是這些巷弄絕無居心，它們也不是故意要擺出如此的迷魂陣來迷惑過客。它們原先單單只是給自己人走的，它的方向本是鄰里內部的常識，不為公共交通而為居民出入之用，不為外人道。因此，它現在變得錯綜複雜，是都市不斷擴張的結果，房屋改建、買賣、舊人遷走新人入厝，原先親暱的聚落消失了，但是人散形不散，巷子還是留下了。

不管大街上如何車水馬龍，住宅區的巷子裡依舊有靜謐的氣氛，軟枝黃蟬從圍牆上的鋼條間探出頭來招搖，三角梅攀著車棚頂睥睨路人。如果巷子尾有座小公園，幾株老榕樹撐起一個洞天，就更添幽深了；熱鬧點的巷子則像個小市集，公寓上面幾層還是住家，一樓則改了店面，開食堂、早餐店、美容院、影印店、小兒科、藥房，一應俱全專門照管這鄰里的飲食起居，蝸居其中，不知有漢，無論魏晉。

巷子也有整潔靜肅像衙門口似的，連盆栽都沿牆擺開像一班衙役。講究的人家，銀色鋼製大門上鐫著細細的花紋，回字紋、冰格或菱花紋，也有現代幾何圖形或松鶴延年圖。當然也有坑洞積水，膩著污垢長了青苔的殘破巷子，隨便點的大門就是紅鐵門，焊了小鐵條在門板上湊成一朵牡丹。

老一點的巷子裡，公寓連外牆都講究，有些是舊式小磁磚拼貼出漸層的花色，有些只是水洗石子一面灰牆，卻相當慎重用不同程度的灰做了鑲邊。老的年代，時間彷彿多一點，做事不那樣趕，工人蓋樓也從容點，心思也細緻點，材料上有限，因此一堵牆也盡量做足它應有的手腳功夫。老巷子顯然有它內在的風骨，它的氣蘊在細節裡。

新的樓就沒這樣瀟灑婉約，白的或粉紅的二丁掛磚，從頭悶貼到腳，不囉唆，平板板新簇簇，間著進口的大理石片窗台，整條巷子只覺得白亮，沒有了細節，就沒有了個性。

夜裡的巷子未必僻靜，路燈底下幾隻飛蛾，飛蛾底下停了回家的車，車底下聚了幾隻小貓鬨打架，一旁倚著摩托車，上頭坐個年輕的男孩，剛剛送女孩到家門口，兩人還捨不得道別，熄了油門，手拉手低聲說話。哪來那麼多話好說呢，從他們身旁走過補習回家的鄰居高中生，臉上分明是這樣的疑問。

說也奇怪，每一條巷子幾乎都有一個不可或缺的麵店，長年在轉角口提供宵夜和下酒小菜。這項營生除了店主的生計之外，還連帶保證熱食的無虞匱乏，半夜裡看見巷子底冒著白煙的麵店，白燈籠上紅油漆「黑白切」，一大鍋大骨熬的白滾湯，黃燈泡照著玻璃櫥，裡面滷蛋豆干海帶永遠不缺，米粉和意麵外帶，不加香菜。這樣簡單，滾湯滾水吃喝了，整條巷子睡得安穩極了。

比正路還長的巷子

有時候，走著走著，離了擾攘的正路，踏上一條沒名沒姓的，比正路還長的巷子，那個又驚奇又迷惘的歧路感，多麼像人生啊。

走進長巷子裡，彷彿是將自己擲入一個專注的、濃縮的人生尺度上，兩側的房子低首斂眉，沒有大馬路上的高樓那樣霸氣。在這以人的尺度打造出來的屋簷底下，活動的幅度小些，說話的派頭小些，聲息婉轉些，那氣味也濃密些，生活的氣味，水溝的、鐵銹的、午飯剩餘的油膩味，亦步亦趨跟著，如同一隻熟識的狗。窪坑裡隔夜的雨水，像一段委屈的心事，淚汪汪悶壞了，陰著臉，映著來人，踩著了它，就回濺你一腳的怨意。

城市裡的長巷實在沒辦法安心走，紅磚道寬僅僅幾尺，有些地方有高低不齊的騎樓，忽上忽下，怎麼走都是顛沛流離，心裡很不舒坦。有些地方連騎樓或紅磚道都沒有，隻身走在上面，荒荒的，沒有歸屬，像是離鄉背井的人，走在不屬於自己的城。

如果在冬夜，一個人走在兩側大門緊閉的長巷子裡，有時候會有進京趕考的書生趕路的心情，前不著村後不著店，卻不斷被後方來車的近光燈打擾，那種燈的亮度非常惱人，在人的心裡投下一道慌亂的影子，走幾步路就得頻頻回首，閃躲，讓路給後方的車。這種驚擾無奈的程度，猶如一段揮之不去的往事，化成了鬼魅，準備重返噬人。

台北城郊的巷子，繞著山迤邐，一節一節往上繞，荒蕪的野草和藤蔓夾纏著小公寓和平房，其間貓和老鼠出沒不定，野狗趴在路中央擋住來人，一臉捨我其誰的表情，一身天高皇帝遠的姿勢，搔搔癢，伸懶腰，睥睨你一眼，又不以為意的走開。在山腳下，人與房子是謙卑的，路也是微不足道的，隨時都會被大自然收回去，這種巷子的水溝蓋上多半長了青苔，屋簷積水的畸角膩了一層黑褐色的霉，水泥的縫隙鑽出了黃色的小花，人的居所看起來非常簡便，非常短暫，而周圍環繞的俱是永恆。

鄉下小鎮的那種長巷子真的很狹，沒法子並走兩輛車，所以車子很少進去，最多就是載貨用的改裝小貨車而已。少了車，就多了從容。鄉下的路是隨意鋪下的，從房子鋪到田邊，從大馬路鋪到菜圃。聚落密了，那條任意鋪下的路就變成了巷子，彎彎曲曲的，盡頭一樣還是水田和菜圃，但是中間的轉折出乎意料的多，如同這一村的百年興衰。

我曾經拜訪過住在台南鄉下的朋友，他們門前那條巷子真是一首長恨歌，彷彿從鄭成功之後，這一村的人便開始增蓋巷子的長度，以此做史。然而，巷子長得太快，終於長過了歷史。世人輾轉幾番春秋大夢，他們依舊黃粱一飯未熟，只是巷子變長了。巷子尾是一畦菜圃，黃色的油菜花，踱步的雞，巷子兩旁人家的圍籬是扶桑花和紫藤。在巷子的尾端，照例只有蛙鳴、狗吠、炊煙。

午後四點我們蹲坐在陽光傾斜的騎樓下，朋友端出一盤莫名其妙的紅草莓，一包紫菱角，擱在地上。

雞群走過。

鄰居老太太佝僂行過。

蝴蝶飛過。

蒼蠅來過。

貓影子飄過。

千百個念頭閃過。

沒有一輛車經過。

那是一條很長的巷子，時間行走其中，百轉千迴失去了影子，因此看上去不存在。我們坐在那兒看它，彷彿看見人生。

後人乘涼

幾年前一位日本朋友來訪，我帶她在台北四處走走逛逛了幾天。我一向不太懂得招待外客，只勉強依照我對日本遊客的想像，轉了幾處地方，也就是麗水街永康街、鼎泰豐、紫藤廬、西門町、華西街、龍山寺。也帶著她逛夜市，看了玉，買了茶。

然後一天她突然說：「啊，台北的樹好多啊。」

我吃了一驚，問她說哪部分的台北，她說：「全部啊，很多綠蔭，城裡到處是樹。」

她又說：「比東京綠很多。」

這話從她口中說出，令我訝異。這位朋友年紀與我相當，是個老東京，她經常引以為傲說，她家族從江戶時代就已經在東京立足了。

那時我還沒有去過東京，無從判斷她說客氣話還是實話，但是她的觀察顯然入微：「你們的四周是山，主要道路兩旁或中間都種了樹。」

「難道東京不這樣種樹嗎？」我問。

她偏著頭想想，說沒有這樣全面。

我記得那年日本偶像劇還當紅，對多數的年輕人而言，看了十年的東京各種都會愛情故事，東京不啻是夢想之都，所有理想的空間與情愛想像都投射在東京都，彷彿那裡是個清潔美好閃亮輝煌的未來之城。台北的綠化竟然會使這位來自夢想之都的朋友感嘆，在當時有點不可思議。之後，我就開始注意台北的行道樹了。

我之所以不覺得台北綠，恐怕是因為心裡還留著十幾年前的印象。

早年砍樹鋪路蓋樓是天經地義的發展道理，一句話「樹重要還人重要啊」就堵了眾人的嘴，根本沒得商量。後來有陣子，一棵路邊樹要不要砍掉，都可能引起環保議題討論，甚至引發居民抗爭，有的居民堅持砍掉鋪水泥，有的人則護樹到底，拉起「樹在人在，樹亡人亡」的白布條。漸漸地，砍樹是不得了的事，不再有人輕易提出。

植樹綠化幾乎成了共識，部分的行道樹大概是在這個綠化環保概念剛剛萌芽之際種下的。那幾年，只要有公務車拉高雲梯對路樹動手腳，就會有老居民陸續出現，背著手踱來踱去，站在樹下指指點點，關切他們究竟是為砍樹來，或是修剪來。

十年樹木，台北的路樹漸漸長得有點樣子了，初夏之際為防颱風，公務車還是會出動修剪路樹，但已經沒有人會擔心樹被砍掉。砍樹，官司可大了。

有一回搭計程車行經和平東路，司機先生突然問我知不知道安全島上那些是什麼樹，我細看了一會兒，不知道。

他說：「就是橄欖啊，是做蜜餞用的橄欖。」他說他小時候家裡也有這樣一棵橄欖。

我一直認為橄欖是有點異國風味的植物，恐怕是因為有首關於流浪到遠方的民歌「橄欖樹」，而且聖經和天方夜譚裡都反覆提到橄欖，並且橄欖油都得從南歐進口。沒想到，安全島上一整排都是橄欖樹。

另有一次，搭前輩的車經過敦化南路，前輩問我們知道這些是什麼樹嗎，我們都笑，樟樹誰不認得。

「那當年這些樹怎麼種在這兒的你們知道嗎？」

我們當然不知道。

他告訴我們一段歷史，扯了幾個我們不甚熟悉和非常熟悉的舊時代人名，其中關係糾結正如那個時代所有的秘辛和內幕，原來樹裡頭也有曲折的歷史和政治，果然城裡的路樹不同於山野的林子，進了城就染了文化，深了城府，有了故事。

令人安心的是，不論前人怎樣種樹，後人總是乘涼快活。

浮華台北

每天在台北市區穿梭的行人，不論從什麼角落，只要方向對了，一抬頭就可以望見貼著銀色大鎖片的一〇一大樓在天空下閃爍。實在太高太炫目了，任誰都免不了多看兩眼，富貴逼人，莫過於此。

從建國高架橋上看見它，走在東區也看見它，從火車站附近看得見它，信義路頭也望得見屹立在信義路尾的銀色大樓。

它一吋一吋慢慢兒蓋上去，有一天，我發現即使從盆地之外的文山看過去，也能看見它從山丘間冒出頭來。

突然，眾多建築和它相較之下都顯得灰暗，我因而逐漸對其他的樓視而不見，它就這樣成了視覺凝聚的焦點，眾聲喧嘩，平地拔起一個高音，成了台北最堅持的浮華宣言。

某個住在承德路巷子的朋友感受特別深刻。

他住在舊的台北，他的住所十分古老，充滿老台北公寓的拘謹和雕飾，外牆磁磚還是七〇年代的迷離花色，內部隔間則是保守的正方格局，地板是磨石子，吊燈是五朵白蓮花，壁燈是一朵黃銅鬱金香。附近的商家也還留著二十幾年前的小本生意氣息，沒有絲毫企業化。他日常起居像個老台北，坐公車，或者騎腳踏車，夜裡遛狗。窗子上的鐵欄杆漆已經掉了，但是還掛著風鈴，養著幾株盆栽。

某日他一開窗，驚覺從今以後，他再也無法置身事外，他將要日日目擊台北的未來。他的窗口竟然能夠遙遙見到這棟銀色的一〇一大樓，非常不可思議，彷彿新的台北從未來的遠處瞄準了他，向他拋擲進步的長矛，準確地命中鐵欄杆斑駁的窗口，穿透他日復一日的常規，以凌厲的線條和光芒向他昭示另一種視野，另一種景觀和生活型態。

大樓的光澤明麗，以至於之後他只要望向窗外，就習慣以視線搜尋它。這種觀看的眼睛猶如被規馴的動物，產生巴卜洛夫式的自動反應，像一隻狗尋覓主人的位置，也像一個信徒不由自主仰拜神龕。台北的上空原是空曠遼闊，所有的建築均與地表貼近，即使是車站前的新光大樓也不致使人登高駭然，可是這棟最新的浮華的大樓將所有的目光吸納過來，並且放射狀地散發它的驕恃。

奇怪的是，這棟世界最高的大樓興建於地震之後，而且是近二十年來台灣經濟最低迷的時期。在這種時刻咬著牙蓋出這棟樓，宣示的意味大過實質的經濟，迷思的成分濃過功能與效益。晚期資本主義的發展邏輯，昭然若揭。

日前又聽說，全台灣地價最貴的樓段，已經從仁愛路林蔭最密的路段轉移到敦化南路底的遠企中心了。據聞，此地樓價每坪價格超過大多數人的年收入總額。過陣子又聽說，某高中附近的房價因鄰近優秀學區而飆漲，八坪要價幾百萬云云。

對升斗小民而言，個人生活的微小現實與社會經濟現實的差距已然愈來愈遠，這個城市裡的某些商品的價錢已經飆高得無法想像，這些數目字已經不是日常的數學，正如同一〇一大樓頂端的風景也不是市民熟悉的景色。能夠屹立鳥瞰的立足地越高，則其象徵的民生落差也就越大；那一層一層砌起的高樓彷佛體現了整個城裡窮人與富人的距離。

站在一〇一大樓的頂端，以近乎神的視野下望，除了晴川歷歷之外，不知是否看得見那些在地上行走的，黑點一般的人群呢？

騎樓的句法結構

法國的思想家喜歡以閱讀和書寫來形容在城市中行走的感覺，我經常想，也許這是巴黎的都市特質，結構中有變異，變異中有文章，以至於那個城市出產的文人都有相似的意義經驗。他們習以符號學的音節規則、意義結構、象徵過程來比喻巴黎。學習符號學時，巴黎的街頭建築是書裡最常見的例子，彷彿它們除了物質的形體之外，還不時浮現幽幽的意義剖面，如同電腦的立體透視圖。

日子久了，我產生了模糊的連結想像，總覺得巴黎的上空充滿了話語、聲音、線條、詩句和轉折的文義；我曾錯以為巴黎是符號學的發源地。在這些思想家的筆下，詩句多麼曲折婉轉，巴黎的巷道就有多麼繁複；文法多麼富麗堂皇，巴黎的高塔大街就有多麼輝煌。羅蘭巴特曾經引用雨果講述聖母院的句子表示，城市和書是兩種書寫的模式，城市也是一種書寫，是空間的銘刻，寫於石頭之上。

台灣的城市究竟有什麼文法結構，上面寫了什麼句子，我們又可以解讀出什麼政治歷史的變化，見仁見智。

大致而言，台灣建市造鎮有不言而喻的規矩，高樓在哪裡，中心就在哪裡，慾望也在，權力和金錢也在。層層疊疊的高樓既是權力的圖騰，也像是慾望的拓樸學。有些時候，做夢做過了頭，妄想在山窪子或河濱軟泥上起高樓，莫名其妙地在邊緣地帶做著恢弘霸業的美夢，有的時候荒廢了，有的時候崩塌了，成了悲劇。

這樣一想，台灣常見的騎樓反而有點兒像古樸的俚語，一節一個意思，短的、有人家的地方才有，到了路口就沒了。它像民間傳誦的做人做事的道理，小社會裡常見的守則，簡單的，人同此心心同此理。它有表面的粗意，還有藏在後面的衣食住行，顯露了勞動階級的生活秩序。只是它的型態在現代思維裡變了相，成了期期艾艾的語詞，有點印象，也有點不清楚。會產生「吃飯皇帝大」，「吃碗內，看碗外」，「甘願做牛，毋驚無犁拖」，「三斤貓，咬四斤老鼠」這種詞句的社會，露著拘謹守舊的農村氣息，彷彿茅屋田埂間的一口窮飯，也有它的規矩。

如果說現代台北是狂野放縱的慾望和理性規律的追求交織而成的夢囈，那麼騎樓顯然是不復可追的舊夢。在污染、堵車、噪音、塵土、燥熱和傾盆大雨之中，令人懷念簡單的步行空間。

以前稱呼騎樓為亭仔腳，熱天裡它是個蔭涼的歇腳處，雨天裡它是個庇護，行走蹲坐其中不至雨打風吹。騎樓是住家自己的地盤，但是為了做生意的理由也為了某種公共的利益，特地留出來給眾人穿行。它是開放的，一條到底，左鄰右舍全都清清楚楚雞犬相聞。

如今在鄉下地方或是台北市郊，騎樓都還在，通常是改良過的磨石子地，空著，小孩的玩具車停在一個角落，掃把畚箕放在另一個角落。

從前要是避雨走進了亭仔腳，坐在門邊藤椅上的老爺爺，白髮平頭，抽著黃色長壽煙，穿著白麻紗上衣和淺藍短褲，棕色塑膠拖鞋，拍拍紙扇子，有意無意說：「這雨真大。」反覆說幾遍，像是語言不夠了，也像世事簡單，無須多言。像農民對著天自言自語，也像主人測試來人之意。你要是跟他聊得起來，也許可以下一盤棋喝一壺烏龍。聊不來也無妨，儘管沉默著，他繼續安度晚年，你繼續等著趕路。

這種行走經驗感受的未必是閱讀或書寫華麗的篇章，倒像是句子或段落之間，不小心留下的一欄空白，空的，卻有意思。

天台上

頂樓的天台是都市的荒原。

都市人多半在路面上或高樓裡行動，很少上頂樓，也很少在頂樓作息。有辦法的，頂樓加蓋一層小屋，爭取空間尺寸必較；沒辦法的，任由它荒煙漫草，襤褸漫漶與世無爭。

無論身處繁華的市中心大廈、昂貴的住宅區段，或是人聲鼎沸的鄰里，一旦上了頂樓，極目所見，除了七零八落的違建之外，盡是枯藤、亂草、昏鴉，天地之悠悠。

水塔底下一團陰濕的黑影子，終年不乾，膩出了黑霉，大概是某一個不知名的物種哭泣的結果。天線和電纜纏繞如異種藤蔓與根莖鬚葉，它們餵養這整座城裡的人做夢幻想的養分來源，曝露於天台上它們看起來如此陰森雜亂不懷好意，難怪城裡人做的夢也如此這般。

月夜裡看見這番破落景像，恍如異度空間，難以想像百尺之下的平面竟然有文明，有愛恨，有不絕如縷的生與死。頂樓將文明的真相撐高到我們看不見的頭頂，在我們頭上繼續荒蕪下去。立於頂樓的荒原，人就忽然有了神性，有了超越紅塵的天眼，密密痲痲的窗口、陽台、遮雨棚看上去如同千佛窟，萬千修煉的眾生，一窟一洞天。

在天台的月光裡有了這樣的領悟，即使遇見魑魅或魍魎也各自走開。魑魅是水鬼，它的形跡必然溼淋淋灰搭搭的；魍魎是山鬼，它大概沾滿灰塵和雜草落葉，而且多影子。倘若看見彼類在邊緣徘徊也不須驚異，荒原本如此，守住自己的靈魂不往下跳即可。

偶然在正午烈日高懸的時候上頂樓天台，頭頂熱烘烘恍若開了光，直達天聽，那感覺彷彿頓悟了什麼天機似的，太澄明太空無反而嗡嗡地散了神失了魄。在那樣的熱度和藍度之下任何思考都是一縷吃吃作響的蒸汽白煙，從烤炙的身體冒出來。在如此豔陽下看見因雨水而發黑的瓷磚外牆和水泥地，怎樣都不明白，究竟曾經下過多少肝腸寸斷的雨，連這樣青春無敵的陽光都曬不乾。

在天台正午的陽光下人很快學會投降，學會一隻動物的謙卑，但是具備了神的視野，往自己的內在看透。獨自站在天台上的一個人其實無異於被颱風吹來蜷伏在角落的一團垃圾，兩者的存在同樣隨機而且無意義。

更多的時候，這種荒涼等同自由。

繞著欄杆邊緣踱步，無窒礙牽掛，左二十步右三十步，小小的方寸之地，打幾個滾就要掉出去了，像人生一樣狹小而危險。站在了無遮掩的頂樓確實容易看清人生辛勞的面積，再大的迷思都在這一覽無遺的平面上顯得可笑了。

然後，希望不要有誰在這種荒涼自由的時刻，在鄰近的天台上拉起胡琴，依依啞啞，或者嗚嗚咽咽吹起簫來，那樣真叫人忘記下凡的路徑了。

吃得優雅

在台北要吃得優雅，需要大功夫。出門上館子吃飯，大費周章，還不一定雅得起來。

出門的時候，梳妝的時間總是不夠，台灣的天氣算熱，但是室內冷氣開得十足，令人為難。夏天裡流汗的問題難以克服，冷氣又冷，日頭又毒，空氣不乾淨，馬路吵，騎樓人多。我經常在出門化妝那一關就潰不成軍，邊擦粉邊冒汗，一踏出大門額頭就開始濕了，招了計程車，粉掉了一半，進得餐廳，差不多等於沒擦粉。萬一席間眾人關係複雜，客套話聽得人發暈，或者餐廳油煙味大，飯菜口味太重，外加種種勸菜敬酒的規矩，那真是如坐針氈，每一分鐘都難過。

一頓飯吃完，脂粉掉盡，精神用盡，整個人化作一灘油。哎。

冬天裡雖然冷，大半日子都下著惱人的冬雨。儘管乘華車，衣輕裘，到了餐廳，踩幾步路，還是一雙濕鞋，甚至就連褲子下擺也濕了。餐廳多半還是開了空調，大概是怕油煙，這時候，腳底下濕冷的一股寒氣，沿著脊梁直逼腦勺，馬上就著涼流鼻水了。

天氣是恆存的威脅，「優雅」這問題端視人力能否超越自然的阻撓，在冷暖、乾濕、晴雨等種種因素之中神色自若，穩住陣腳，一如英國人在叢林裡照樣擺桌子鋪桌巾，全套茶具搬出來，揮汗喝下午茶。

當然，不冷也不熱的時候，撿對了吃飯的人和地方，優雅的場面就能夠維持得久些。只是自然的因素去除了，其他的尷尬仍然存在。

台北自然不乏高雅前衛有實力的館子，不論是菜色或是酒單，都有一番內涵，杯盤的身價不凡，裝潢也了得。然而，台北餐館偌大的缺憾卻不是服務或菜單內容，而是背景音樂。一旦聽見背景音樂，多數的館子就遜掉了。

常見的狀況是，一客牛排上千元的高級西餐廳裡，各色細節都講究，偏偏反覆放著一張沒概念的芭樂音樂，不但與燈光杯碟的設計概念衝突，也背離整個餐廳宣稱的飲食哲學（如果有飲食哲學這回事的話）。或者，標榜傳統養生飲食的高級餐廳，整個晚上只有二胡演奏的民俗小調可聽。極簡主義暗色系冷調子裝潢的加州混合餐館裡，反覆播放卡拉ＯＫ似的舞曲。懷石風的日本館子，一頓飯吃下來，滿耳都是敲打玻璃杯式的流行輕音樂，我一點兒也不懷疑，這個主人認為沒有歌詞的歌就是高級音樂。

背景音樂露出了貧困的馬腳，這樣失算。拼得過食物，拼不過文化，氛圍因而打了折扣，少了一點優雅。底層基礎建設是好的，可是上層的功夫顯然不足，差點就要全盤皆輸，彷彿牆上的油漆就要斑駁，燈光逐漸失色，桌椅俗濫，杯盤忽然廉價了。館子有辦法填飽人的肚子，有辦法使用最上等的食材，最昂貴的器皿，延請最有概念的空間設計，卻沒辦法處理形而上的音樂問題。

只有一次，老舊的家常館子，冷清清只有兩桌客，不吵，沒油煙，沒有空調，桌椅還是二十年前的樣式，音樂卻非常襯味，是蔡琴的老歌。在沉緩的歌聲裡，整個館子褪色的壁紙、斜掛的月曆、搖晃的日光燈和雜亂的小酒櫃，看上去全像是刻意營造的老式情調。這是少見的例子，音樂決定了時間和空間，扭轉實體的缺陷，賦予意義，使那缺陷分外有意思。

聽著柔腸婉轉的老歌，所有的人微微冒著汗，陷入了時光的哀愁，晃悠過一段恍惚的晚餐。

早餐店

早起吃一頓神清氣爽的好早餐，特別暢快。

據說早餐是最重要的一餐，它為一天的能量打基礎。可是早餐普遍都是急就章的氣氛，這裡面隱含了以速度取勝的生活哲學。人還沒醒透，神智未開，身體就已經跟著時間奔走了。

介於睡眠與清醒之間這一段囫圇的時間裡，無意識狀態的城市人處於最不設防的狀態，從而顯露了潦草的都會生活紋理。早晨心不在焉吃早餐的時候，即使是西裝革履的人也難免在倉促之中表露他的生命勞動本質，他像是前一夜睡眠的夢遊者，肢體已經醒來了，精神卻猶如沉睡，此時進食的狀態像蒙昧的動物，有一種由內而外擴散的空洞。

也許如此，早餐店常常是油煙密佈的，我還沒有見過哪一家早餐店能夠克服這種大夢初醒的無秩序和凌亂。

有些遠近馳名的燒餅豆漿店早晨的生意熱絡得像炸油條似的，每個上門的顧客都熟知他們的菜單，倒背如流點了四五種食物，老闆的瞬間記憶力和心算也十分了得，身手矯捷在三分鐘之內全部搞定，燒餅油條一套，熱豆漿加蛋，米漿一杯，包子三個。這些東西的價錢都不容易加減，也不知道定價是怎麼來的，有些十四塊，有些七塊，有些十六塊，零零星星的。

八點半的時候，客人多半都是外帶，騎了摩托車來，不熄火直接靠在路邊等，彷彿這是個中途驛站，很有征戰四方馬不停蹄的氣勢。坐在裏間的客人則有另一種速度和時間感，他們不那樣急，有些還好整以暇看店家提供的報紙，他們的衣著隨便些，頭髮亂些，看得出來是不必裝戴整齊的打卡上班族，可能是跑業務或是自己開店有點自由的小老闆，也有像是等一會就要散步上號子裡去看股票行情的退休老先生，也有送小孩上學的母親和買完菜的太太。

大部分的時候在一旁看這種小食交易令人感到愉快，感到生活豐沛有力。可是一旦站久了，油煙沾上身來，一種塵世的厚重氣味像烏雲罩頂，再清新的晨間空氣都沒辦法去除這油膩，就像滿地積淤的黑油，還有四處亂扔的衛生筷。這是生活的真面目，它在早餐店裡特別清楚，為了飲食忙碌是這樣不假思索，沒有多餘的浪漫或是疏離，早晨的光陰恍惚又緊湊，什麼面具也來不及戴上，就這麼空著臉吃吃喝喝，等自己醒來。

美而美那種專賣鐵板煎火腿蛋的早餐店稍稍乾淨些，但是油煙也大。大清早的，它連油膩的鐵板炒麵都有得賣。開這種店的多半是中年媽媽，穿著一條圍裙，不停地煎蛋。她手邊有一塊吐司麵包皮，煎好的蛋通常會往那塊皮上擱一陣子，好讓麵包吸走那煎蛋的油，之後再將煎蛋另外做成三明治。

我常常出神望著那塊負責吸油的麵包皮，它油滋滋的令人噁心，我又害怕又佩服，不知是誰想出這個毫不遮掩又方便的點子。

後來我因為經常消化不良，沒辦法吃這些油膩早餐，改食便利店的三角飯糰或是黃瓜三明治，一個人在辦公室裡默默吞下去，隨便喝點咖啡就算了。

離了晨間煙火，沒有油煙問題了，倒是常常有悵然若失之感，沒了這些包子饅頭豆漿，彷彿沒有確實醒來的感覺。

咖啡館

近十年台北流行咖啡館，幾年之間，不起眼的小巷子裡到處躲著令人驚艷的小空間，像這個城裡吉光片羽的良善的那一面。特別是台大和東區兩個商圈附近的小巷子，「雖小道，必有可觀者焉」。

從外面看進去，咖啡館總像一個自足完滿的小世界，暖黃的燈光烘焙夢也似的氛圍，與外頭的春寒暑熱或秋風冬雨沒有關係。嵌頂式的投射燈圈圈兒的光暈打在牆上，彷彿醞釀著什麼閃耀

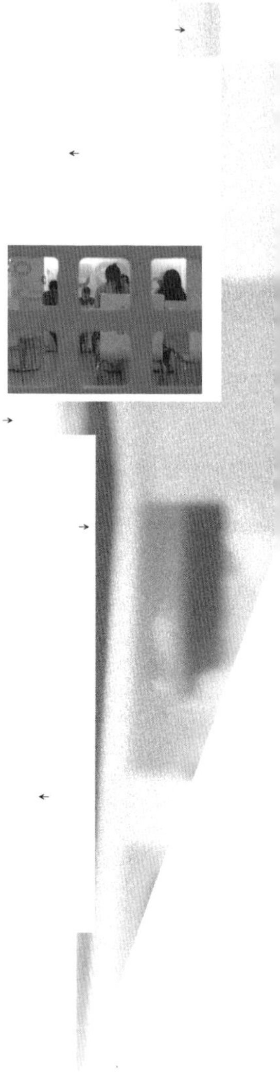

而且清醒的念頭，但是也難講，座客手中的紙捲煙迷離地飄過光束，骨子裡依舊是一縷不安定的靈魂。

即使如海明威那樣的硬漢，也對光線和聲音十分敏感，他認為一個安靜明亮的場所可以使心靈安歇，使人沉靜。然而這樣的咖啡館實在難得，欲營造既理智又閒散的氣息，則咖啡館不能太吵，不能太暗，不能太「冷」。

一般而言，台北的咖啡館在燈光色調這方面還可以，只是平板了些，層次感不足。吵則真是吵極了，台北年輕人性喜高談闊論，通常店內坐滿一半，已經吵得彷彿有三倍的人在場，談話的聲音嗡嗡然經過落地玻璃窗的共振，將回聲全納在屋子裡，整個館子像蓄滿聲波的池子，每個人的聲音都淹沒了。

「冷」指的不是溫度，也不是服務態度，而是風格。特別指的是一種極簡主義工業貧窮風格的設計，這種極簡風格的咖啡館令人害怕，空盪盪，灰白的水泥牆和白漆桌椅，白杯白碟，投射燈打在牆角的鋼條上，極富線條感，姿態做盡但冷森森沒人味，不知他葫蘆裡賣什麼藥，而且也不見葫蘆也不見藥，也不知賣不賣，整個兒的莫名其妙。

咖啡館太「冷」了，這就不是賣咖啡，而是賣風格，坐在裡面的人就不是喝咖啡，而是喝咖啡給人看。

數年前幾家極簡咖啡館曾經風行過，但是那種空間容易令人感到乏味，幾次之後我就不再去了。如今再回頭光顧，卻發現了有趣的現象。原來那樣極簡的裝潢禁不起歲月的磨損，年久之後竟然露出寒酸氣，而且是打骨子裡滲出來的鄙陋。原來硬撐起來的冷酷與驕傲都維持不久，此時顯現了實體的荒蕪，暴露出它原本就是個沒有內在精神的空間。

這是它和時間的一場敗仗，這裝模作樣的材質原來十分速成而且淺薄，它無法借時間來豐富自我，反而在使用和擦撞中退去表皮，露出了貧脊，不是它原先假設的那種極簡的貧，而是它再也裝不下去，露出廉價的染色夾板、積塵的牆飾、擦痕累累的桌面，這樣的貧。甚至彷彿連廁所裡始終無法克服的漏水問題，也在時間陣仗中突圍而出，滲到了正廳裡，坐在窗邊都可以聞見廁所的氣味。陰濕的結構現實還是悄悄圍剿了這個高傲的地方，與時間聯手破除它虛幻的表象。

我坐在裡面看著這一切，忍不住有點兒高興，因為我看見一種排斥態度終於妥協，一種否定立場終於潰敗，一種沮喪壓抑終於反彈。幾年前這家館子的老闆會斥責高聲說話的客人，以堅持他自己冥想靜思的咖啡哲學，拼命要客人尊敬咖啡空間，真不知道使人興奮的咖啡因和冥想的關係何在，也不知道他那樣偏執陽春白雪的咖啡館究竟要完成哪樣的理想生活，他的理想體現的只是空乏二字。

畢竟，咖啡館就是一個吃吃喝喝的空間，咖啡蛋糕香煙和話語都從嘴裡進進出出的，如此直接的慾望活動，怎麼壓抑得下去呢？

小茶館

十幾二十年前台北時興茶藝館，全套的榻榻米、矮几和棉布墊，竹子屏風和玻璃缸金魚，營造出鄉居小文人裝模作樣的清幽。那種悠閒不假外求，直接向傳統與民俗借鏡，茶館裡的服務生因此老穿著粗棉布衣，一副隨時要到後院餵雞或舂米的模樣，徹底體現「黎明即起，灑掃庭除」的理學生活態度。茶藝館的氣氛雖說簡潔清幽，卻因此有了胼手胝足的刻苦精神，彷彿這個清靜的片刻得來不易，值得無上的尊敬，大家得小心翼翼維護著。如果背景音樂還是二胡或古琴，那簡直成了修行重地，往來端盤者皆妙玉一流，令人自慚形穢。

如此的清幽頗有意思，其中非常濃重的鄉野的氣息便來自粗草、柚木桌椅、軟木塞吊飾、紙門和陶缽等元素刻意組成的樸質感，對照所有人對於「安靜」的謹慎，反而更加顯現「茶藝」在這個社會裡與生活格格不入的事實。若是天天喝茶，生死與共，根本不需要這樣守規矩這樣「有文化」。

真的喝茶喝透的社會生活，照理說應該像民國初年文人張恨水筆下的茶館子，門庭若市，喧鬧不休，三教九流閒雜人等都自由出入，乞丐在這兒要錢，警察在這兒捉人，桌桌高談闊論，館子只好在牆上貼一張「莫談國事」的告示，以免遭到池魚之殃。那種街市議論的沸騰感覺，比較貼近如今的「泡沫紅茶店」。

泡沫紅茶店與茶藝館幾乎同時興起，據說這兩種台灣的茶文化均起自休閒文化鼎盛的台中，卻往兩個截然不同的路子上發展。茶藝館在一九八〇年代成為當年的知識份子聚集談論國事之處，後來轉型兼做紫微論命或者八卦易理，越走越玄；泡沫紅茶卻往俗民的方向走，越走越像茶水攤。

泡沫紅茶店通常二十四小時營業，門戶大開，一點兒也不隱蔽，有時為防蚊蟲，在門口點起蚊香，茶台的設計像酒店的吧台，裡頭也站個帥氣的年輕人，調茶跟調酒一樣講究姿勢和速率。館子裡煙霧瀰漫，茶客有聊天打混者，有高聲起鬨者，有打撲克牌者，有看漫畫者。舉目四望，或坐或斜臥，全是閒人，所談無非生活工作枝節，震耳欲聾。桌上杯盤狼藉，除了各種新奇茶類，連水餃牛肉麵燒賣都有得賣。

這種地方，當然不講究茶葉或水質，也不甚清潔，瓜子殼和牛肉乾的屑片灑得四處都是，正如同這些茶客散漫無羈的態度。大手揮霍的是時間，不值一提的是茶錢。這個地方顯現了這個社會奇特的空暇和隨意的章法，染黃頭髮衣著新異的年輕人什麼也無所謂地喧鬧，中年人斜叼一根煙，翹起一條腿，什麼也無所謂的江湖氣。這些人閒雖閒著，卻一點兒也不雅，看上去反而有些浪蕩，彷彿如果政策不禁賭，他們立刻會大聲吆喝，跳上椅子，從懷裡掏出骰子，在茶碗裡比大小。

因為空間是開放的，進出沒有規矩，人來人往，接手機的人站在店門口講生意，時有賣彩券的老婦進來兜售，也有賣花的老頭，賣口香糖和原子筆的殘障人士，賣聾啞愛心卡片的義工，穿梭於斛籌交錯中尋找人性；甚至有披了袈裟，剃了光頭的和尚，大半夜裡，往一桌一桌的人聲鼎沸中化緣，彷彿希冀在這群執迷不悟的眾生裡找到一絲如露如電的塵緣。在最流行最濫情的背景音樂裡看見這些身影，另有一番矛盾與感慨。

泡沫紅茶店令人感到暈眩，社會百態絲毫不經過修飾提煉或過濾，活生生在身邊進行，這種「泡沫式」噗噗作響的社會現實，恐怕是茶藝館力圖逃避，卻始終無力面對的部分了。

天上人間

台灣的巷子裡多的是小廟小神，真可以說是福德之地，神佛滿天。這些小廟中，不乏香火鼎盛的名廟，為的是它報明牌或除厄解災很是靈驗；有的廟不那樣知名，但也自成一格走另類路線，悠悠的蹲據民宅之間，從巷子口就聞見它的香煙，但是它看上去不像是在那兒護祐一方，反而有點邪氣，像個地頭蛇的神，誰都不敢得罪它。

藏身在巷子裡的小廟讓人感到詭異，尤其是那種不太聽說過的神祇，頂著平白無故的王爺太子等封號，也不知道確切的朝代出身和生平的事蹟，也不知道他如何升天成神，感覺上是杜撰的成分多，確有其人的成分少。這種疑惑一旦浮上心頭，經過的時候我就會有點畏懼，在冥冥中被他的神秘感震懾住了，彷彿他即使從未存在過，信徒們眾口鑠金的念力仍然將它從虛空之中召喚出來，並且賦予那木雕的小形體無限的可能，使得這個小空間充滿了詭密的氛圍。

小廟雖然只是個矮房子，與周邊的居家並存，甚至是老公寓的一樓，沒有飛簷畫壁，不過還有烏木鑲金的神壇和幽紅的長明燈，襯著上方懸著的紫色日光燈，似乎是蘭花房常見的那種，神壇兩邊幾幅精繡的布掛，幾面匾額，燻黃的四壁，種種裝置營造了異域的氣氛，像是兀自開闢了一個無關現代時空的處所。在這種魅惑的光影和氣味之中，香煙裊繞的神祇披掛了玄色龍袍，板著泥金的方臉，斜眉睨著來人。聖駕光臨，乩童發癲在沙上寫字解難答惑，眾人靈魂出竅進入神遊狀態，再無理的事發生在這裡，都顯得理所當然。

廟這種空間照說應該和飲食起居有所區隔，它似乎應該在古槐樹下或廣場上，即使不是深山野寺，也得是個稍微有公共功能的場所，於其中進行任何儀式都自有恰當的時空差異感，不至於混淆俗世與神聖的分野。然而，現代社會也管不了那麼多了，除魅是除不盡的，這些小巷子裡的廟，都是天上宮闕下凡來，在塵世委屈著。銅爐固然沉重，香火也綿延，可是門面太狹窄了，簡直像個店面，門楣上題著什麼什麼宮，龍飛鳳舞，底下一塊市政府發的門牌，白底綠字寫著什麼路幾巷幾號，說明這座王爺太子的行宮也歸市政府管轄，也有戶口名簿似的。廟旁邊也許擺了兩隻水泥塑的石獅子，獅子過去，就是公寓的出入口，人來人往。我實在想不通，住在什麼宮的樓上不知有何感觸，每天坐在神明頭頂上看電視摳腳丫子，福分不知是薄是厚。

我公寓後面的巷子就有座小廟，看起來有點歷史了，可是房矮牆低，看不出供的是什麼神明，香火也不怎麼盛。其實，那廟即使是杜撰也無妨，反正成神不一定得做身家調查。有的時候它也會敲鑼打鼓，不知道做什麼法事，聖誕幾千歲的日子也慎重其事把巷子圍了起來擺流水席，街坊們都可以吃一口。可是平常的日子裡，無論何時我經過它，都看不出端倪來，無法猜測它的信眾何在，法力何在，它只是孤零零敞著大門，漫著檀香煙。

我在台北住過幾個都心的老公寓，巷子底全有這樣一座小廟，和鄉下地方差不多，只是鄉下的門面講究些，信仰的凝聚力非常清楚。反而現代都市裡的神就像是落難了，偏安在小巷子裡，靈氣不那樣完整，禮數潦草一點，行頭潦草一點，裝潢和派頭都隨便。在高樓大廈夾縫底下，嗩吶吹得再響也過不了三條街，香煙再盛也飄不過十二樓，聖駕出巡的時候一樣得遵守交通規則等紅綠燈。

在工業文明腳邊，神和人一樣變得渺小了，庸庸碌碌了，整天回答信徒的小問題，為了芝麻綠豆的小事操心了幾千年。身處水泥叢林打造的天上人間，真不知道神的超脫何在，人的救贖又何在。

買菜

在台北假日是這樣的，買菜趁早，買花趁晚。

菜市中午就收，過了午就沒得買，只能上超市買裹在保鮮膜裡的包裝菜，或者上黃昏市場買二輪菜，因此要趁早；花市通常折騰一整天，到了黃昏，花容失色，花販歸心似箭了，才開始降價，因此要趁晚。

我一向不太能早起，若遇著假日，則需要比平常更大的決心才起得來。因此我買花的時候

多，買菜的時候少。偶爾幾次意外早起，沒有賴床，憑空多出了一個假日早晨，時間就忽然顯得格外緩慢。一個美好而且完整的週末早晨，反而讓人不知如何是好。要是風和日麗，那真是天寵，我怕一個人磨蹭發呆就蹉跎了光陰，因此通常是依了小時候的習性，出門買菜。這彷彿從骨子裡發出來的本能，其實來自小時候陪媽媽買菜的假日記憶，那快樂與幸福完全無法取代，即使賴在床上讀小說那種自在也還略遜一籌。

我熟知的傳統市場大概都是狹窄的小巷道，有些是露天的，各人搭各人門前的棚，有些則是整條巷子上頭都搭了塑膠天棚，防雨兼透光。兩邊是密紮紮的小店面小攤子，一個挨著一個，大白天點著透亮的小燈泡，感覺上意志堅定，生意盎然，照得那些成簍的蔬菜魚肉南北貨特別有光澤，麵條特別白，豬肉特別紅，豆芽肥美青江菜翠綠，花生圓豆腐方嫩，小魚小蝦乾筍和黑豆豉，氣味濃烈，成年都是豐年的兆頭。老闆坐在菜貨後面，有點敝帚自珍的篤定，燈泡照著眼睛，笑吟吟看著來人，一樣一樣告訴價錢，非常親切問你打算做什麼菜，也建議你添些什麼菜，某幾天他特別關照胡蘿蔔，某幾天則全力推銷小白菜。有時候，大概和哪個攤子吵架，或是擔心小孩或家計，靜靜坐著，萎頓如一地散葉，即使強打起精神來，也不怎麼瞧得起這門生意的模樣。

小空間裡帳目特別清楚，銀貨兩訖，買的賣的都是老實人，沒有傾城傾國的交易，偷斤減兩也不算什麼奸險。生意再好，忙起來也就是把鈔票銅板往圍裙口袋裡塞。找錢的時候，單手摸索半天，掏出皺成一團的髒污鈔票，看一眼，疼惜的，又有點不經意的，塞回去。

這裡再怎麼大聲吆喝，總是家常的調子，時間是一點一點像小秤的刻度那樣，照著三餐的時間走過去，錢也是那樣一塊兩塊賺進來。婆婆抱著小囝仔捧一碗飯坐在裏間吃著，媳婦站在門口招呼生意，男人送貨去了。日子就這麼平實的過，不拖拉也不跳躍，可以過好幾代似的，沒有驚天動地的傳奇，倒有不少街談巷議，謠言和偏方。不知哪裡求來的太上老君符令就貼在鐵捲門的門楣上，又懸個亮晃晃的八卦鏡，也不知防什麼東西，如此有了鄉野的趣味，倒不像在城裡，給這豐足明亮的角落添一點民俗的詭密，讓人聯想到豬和雞鴨的復仇。

傳統市場再怎麼改良，再怎麼現代化，總有它奧妙之處，它至今仍無法克服潮濕和氣味的問題，它有我完全無法理解的運作規則。我一定得在攤販準備收攤之前離開，否則，那些燈泡一盞盞熄掉之後，整個市場零零落落，各攤都潑水洗地，午間新聞的播報催得人發急。氣氛突然變了，蕭條得緊，什麼都不賣了，都賣完了，人人趕著關門，摩托車撲撲而過，臨時攤都走了，中藥房也拉下一半鐵門，賣愛玉仙草的婦人和賣魚丸的先生突然一起跳上小發財車離去，原來是夫妻。

一個早晨，就在柴米油鹽以及飲食大事的盤算上，完完整整過去了。

買花

買花原是風雅事，可是在台北這鋼骨撐著混凝土的粗礪結構裡，再縹緲的事物也都墜著質量，花朵不但不那麼風露清愁，還多了日常居家的性質，與其說雅緻，倒不如說它是花魂的物質體現，有高度的實用性，只差不能吃而已。這種實敦敦的使用價值，給了花朵驚人的存在感，韌得很，即使萬人踐踏也不能毀損它一瓣一葉。

花市裡尤其如此，花兒草兒群聚在一起，幾百攤兩旁排開，實在太多了，花團錦簇的，植物就忽然有了表情和動作，少了清幽多了喧鬧，差點就要伸手攔客了。一攤一攤比鄰做生意，又熱鬧又綠森森，枝枝葉葉堆得前後左右淨是亞熱帶景觀。椰子和芭蕉長手長腳栽在紅陶盆裡，姑婆芋大枝大葉的，都是山腳荒地四處可見的尋常植物，一點兒也不稀奇，可是換了土壤，就換了身價。竹子原先也是滿山遍野的長，如今規規矩矩植在淺盤裡，別有典韻。有的竹子特別照顧過，一扭一扭長成了怪異的波浪狀，像小老太太燙得伏貼的頭髮，矯枉過正的規矩和服從，竹子週身綑綁紅金緞帶和金鈴鐺金元寶，腳底下的陶盆上還寫個「聚」字。那模樣好像已經修煉得道的小妖精，脫了植物界，即將化身為不朽的塑膠。台灣特好這種福祿壽喜財的吉祥物，鄉氣十足，在植物身上下風水工夫，弄得那竹子披金戴銀，沒有高風亮節，倒有種簡樸人家辦喜事的花俏。

台灣又是蘭花產地，不拘四季都有蘭花上市，好模好樣，完全不像水土養的而像工廠壓模子鑄的。紫紅的、粉白的、嫩黃的，各品種不拘，嬌生慣養的蘭花幾百盆排列在水銀燈下搔首，便宜得不像話，活似江南名妓為了討生活，下海來賣身，兩盆兩百五，包開兩個月。另外有黃金葛，是最受歡迎的居家植物，為的就是它好生好養，童養媳一般，一盆一百，買回家一個月就枝葉茂盛，很划算很保險。

有些攤子充滿異國風情，整體設計彷彿歐洲廚房，是夢想的花圃，有薰衣草迷迭香薄荷那種迷迷濛濛的溫帶浪漫氣氛，只差沒有白紗蕾絲窗簾。賣花的人說，隨手摘下就可以入菜入茶了。比較困難的是沒多少人懂得這些奇花異草該如何烹調，誰知道羊小排加薄荷，烤魚灑蒔羅，一般紅肉加迷迭香。這些夢幻花草矜貴些，台灣夏天毒日頭冬天又濕寒的天候特難養活，現實逼人，浪漫注定早夭。

當然也有風雅含蓄的攤位，稀稀落落幾株巧奪天工的盆栽，羅漢松或者楓樹，或是說不出名字的小樹，不以為意擺著，主人也不特別看守，一個人坐在最裡邊乘涼喝茶，頗有風骨。盆栽呢都是詩意的鐵線銀鉤，價錢也讓人肅然起敬。有一回見到一盆櫻花，簡單的佈局卻有說不出的意境，讚嘆了半天，主人踅過來打招呼，意思意思。我說，這花怎沒價錢。他說，這花不賣，今天來曬太陽的，順便只給懂的人看。言下之意帶著明朝人孤高的味道。

有些攤子不賣花卉植物，專賣園藝用品和奇巧的小裝置。極其精緻的灑水壺，各種功能的化學肥，陶盆瓷缽，也有改風水改氣場的小機械，風生水起的小風車，馬達滾動的大理石珠，會冒小煙的桌上水池，鮮豔小魚缸浮著假的小魚和真的水草，這些據說都可以招財改運，逆轉人生運勢，使生活更美好。

花市人來人往，就為這一個承諾，使生活更美好。

在台北，平日的交易充滿市儈氣，不時還膩著陰謀的黏濕和鬥爭的火氣，週末的下午如果上花市去買花，頓時覺得日子好過不少，花草是台北的精神假期。

疏離的超級市場

超級市場與傳統市場最大的差別，就在於「接觸」這件事。

在傳統市場裡，任何接觸都直接了當，社會關係極為通透。豬肉血淋淋掛著，水果青菜濕搭搭堆著，魚蝦攤在冰塊上，腐敗的菜葉丟在地上，有腥味的髒水積滿坑洞，蒼蠅飛著，攤販的汗水和口沫也飛著，任何交易都必須開口，買方賣方都必須交談。在這個場所，你別想異化，你就是得親眼看見勞動與商品的血與汗，你得聞見那味道，感受那溫度，踩著泥水，親手摸那些魚肉

生果，親手接過潮濕溫熱的鈔票和硬幣。你也別想疏離，你沒辦法誰也不理睬；每買一樣東西，你就是得開口問：「這東西怎麼賣？」

超級市場就不同了，這是人與商品超級疏離的空間，除了收銀員之外，其他工作人員幾乎隱形了，即使他們蹲在貨架間整理貨品，身影看起來也不顯眼，彷彿只是購物頻道的背景似的。超級市場似乎有種魔法，可以使貨物從產地直接現身架上，彷彿不假手任何人，貨品會自動分類、自動排列、自動包保鮮膜、自動貼價錢標籤。

在這個場所，勞動生產的痕跡減至最低，一切看來真是自然方便極了，此處的消費生產關係就如同保鮮膜包裹的豬肉一樣，既平整又光滑，沒有粗礪的骨骼和鹹膩的血水，一切看似從虛空中產生，也流回虛空之中。

在超級市場中，一個消費者可以全程不和任何人交談，人與人接觸的必要減至最低，甚至連人與物的接觸也經由層層的包裝，減低手的碰觸和骯髒。你連它們的重量差異都難以感受，因為它們等重包裝。你只能以目光探視它們，以視覺做賭博，買回家拆封，發現另一面霉爛了，只好自認倒楣。生鮮食品一盒一盒躺著，擺脫了血淋淋的動物狀態，青菜一束一束包著，脫離了塵土，梨子和蘋果一顆一顆裹了玻璃紙和發泡棉，葡萄有葡萄形狀的透明塑膠盒，摸不著。你一個人在商品之間行走，它們環繞兩旁形同一個組織緊密紀律嚴明的物體系，而且全副武裝，沒有一絲缺憾，無懈可擊。

也許我是個太過在意「物質感」的人，對於摸不著的物品容易感到不確定，所以在超級市場裡，我總是想盡辦法將物品翻來翻去，想透過透明的薄膜感知它們的確實狀態。

有一回我站在魚鮮部門前摸索良久，想弄清楚究竟哪一包魚塊比較新鮮。當然這徒勞的舉動帶來更多困惑，這些包裝魚都秤過了，也都打上發貨日期和使用期限，我除了大小和色澤之外，沒法子藉由碰觸感覺彈性和柔軟。這樣簡單的選擇卻造成認知混亂，我遲遲無法決定，最後竟然站在魚蝦前面發起呆來了。

一個老先生突然問我：「你對魚在行嗎？」

這狀況甚為少見，從來沒有陌生人在超級市場裡交換對商品的意見，顧客之間的交流其實也被商品隔絕，在這裡，人的眼裡只有商品，沒有彼此。

我回過神來，斷然對他說：「這些魚都不新鮮。」朗聲說了這句話之後，這些魚的真實面貌就清楚了，我於是對它們失去了興趣。

老先生和我攀談起來。

他是個相當有禮的北方人，講起了他家鄉的「對蝦」還有波士頓的龍蝦。這是我第一次在超級市場和陌生人談話，我非常訝異能夠交談的話題還不少，更何況我們的背景差異如此天南地北。他看看我籃子裡的東西，我也看了他買的東西，像兩個小孩子。我很意外他買了一瓶紅酒和一條榛果巧克力，實在不像他這樣的人會買的東西。

我也沒多問，在商品的世界裡，關於人的問題顯得有點唐突。

我告辭之後，在納悶中結帳離開了。

誠品書店

敦化南路上二十四小時營業的誠品書店已經是一個台北的地標了，這一點，從計程車司機的反應就明白了。上了計程車，說，到誠品書店，多數的司機會立刻知道你說什麼地方。半夜的時候，逛書店的人尤其多，計程車直接在書店的轉彎處排班，等著接買書出來的客人。晚上買書的人，心情特好，像買宵夜似的，拎著好幾袋回家，可以好好窩在被窩裡看到天亮。

據說香港人特愛誠品書店，似乎到台北旅遊的香港人都會到這兒走走。周六半夜裡，整個誠品書店熱鬧極了，隨處可以聽見講廣東話的人們，以令人訝異的速度，成疊地採購，有一陣子，據說他們必買幾米，必買陳綺貞，必買陳珊妮。

我曾經帶外國朋友去逛過半夜的誠品書店，他們都無法相信台北需要二十四小時營業的書店，然而半夜裡來逛書買書的人真是川流不息，文學書區和雜誌區幾乎坐滿了人，這些人也不去看電影，也不去酒吧，也不打牌或唱歌，就坐定在這木板地上，看書。

面對這種文風盛況，朋友感嘆道：「這個城市是因為失眠，所以需要書，還是因為書，所以失眠呢？」

我想想，其實這城一直都失眠，幸虧有了書，她才不至於癲狂。

但是去誠品也不只是買書看書而已，它存在於某一部份台北人的生活背景裡，不那樣文以載道，也不全然消費取向，連書店裝潢那種原本非常濃厚的布爾喬亞氣都逐漸褪去了。它非常不經意的，成為一種消磨時間和消磨自己的方式，成為一種參考方向的資料，成為一個隨意聚集的場所。

我睡不著時，不敢隨意在夜街上散步，到誠品去逛逛自然安全多了。我常在誠品弄到有了倦意才回家，算是另一種型態的散步。我認識的人大概都有睡眠問題，因為我時常在半夜的誠品遇見熟人。有一次，一進去就遇見了從前的老師。老師問我怎麼會在這兒，我老實說睡不著。老師就笑了，跟身邊的朋友說：「原來大家都一樣。」

有些人和朋友約在東區見面，會直接約在誠品門口。好處是，提早到了也無妨，進去走走看看也好；遲到了也不怕，先到的那個人一定不無聊。而且它的前廳寬闊，不怕日曬雨淋。

我正是這種約在誠品門口的人。我猜想，約在誠品門口的人一定很多，坐在大理石上抽煙、聊天、東張西望的年輕人，臉上都有等待的表情，他們之中有一些真是漂亮靈秀極了，有一些則散漫著，喧鬧著，也許等待一個人，也許等待一種感覺，或者只是等著自己，從年少的輕狂與恍惚中醒來。

誠品門前的那個小廣場不知從什麼時候開始，在半夜裡變得非常熱鬧。沿著鋪大理石的人行道，在路邊有賣印度餅的小車，烤香腸的攤子，有賣尼泊爾衣物的、賣手工傘的、賣手機吊飾的，賣項鍊手鐲的、賣絲巾圍巾的。攤子不多，但幾乎都是衣著另類的年輕人在擺攤，吱吱喳喳的，讓人覺得很青春。他們賣東西時一副無所謂的模樣，要賣不賣都可以，最多只會有點靦腆，彷彿交新朋友似的說：「你要不要試試看，很好看的。」就這樣，不費口舌，也能做成一筆交易。

有時突然下了大雨，到誠品躲雨的人就完全將那個前廳當成一個開放的場所，能夠坐人的地方全坐滿了，這時有人拿出手機打電話聊天，有人開始聽耳機音樂，有人喝可樂翻閱雜誌，有的乾脆玩起撲克牌來了，瞬間將那個堂皇的正式空間轉化為有點嘻哈街頭風格的有趣地方。

這時候，你知道這個書店真的活成了台北了。

捷運裡的氣味

一節捷運車廂完全沒有人的時候，它的氣味有點兒「輕」。說它輕，因為這種味道混合了消毒水和清潔劑，在空調的寒冷中，絕塵的乾淨。這種氣味像一則簡單的否定句，它意圖抹除不恰當的生物體，抹除任何有質量的危險，同時又預留了肯定的可能。

獨自一人身處這種氣味之中，會逐漸聞見自己的味道，隨著體溫，慢慢兒從清潔的冷空氣中蒸發上來。頭髮上殘留的洗髮精香味，襯衫上的漂白水味，手上剛剛摸過鈔票和電扶梯的橡膠，有點鹹鏽味，額頭和腋下有些汗氣，手提包的皮革味也在低溫中散發它的存在。整個的自己正緩緩地與否定的空氣周旋，自己的氣味和溫度飄繞於及身的十五公分處，這種氣味和溫度的經驗正是肉身之外的另一種自我的存在感。身體在捷運車廂中微微發熱，這個熱度是靈魂的物質面，紮紮實實的肯定句，從嗅覺感知自我，從全身的皮膚溫度感到了自我的具體面積。

然而有些時候實在太冷了，或者消毒水的氣味太重了，自我的表層被車廂裡陰涼否定的氣味籠著，自己的氣味很快散光了，四肢冰涼，聞不見自己，感知不到體溫。在這種時候，特別容易感到自己是個沒有軀體只有理性的文明人，精神未必昇華，身體倒是馴良極了，連毛孔都收斂自愛。

車廂裡一旦人多，氣味就濁重，文明對身體的否定也就漸漸失效。十幾歲的男孩子剛打完球，從車廂的這一端隔著好幾公尺，都能夠聞到他站在另一端的滿身汗味。如果他正好站在身邊，他的汗味就毫不慚愧地向四周的乘客宣示他毛躁的靈魂和高溫騷動的青春，那個熱量比滾熱的巧克力糖漿還龐大數倍。相反的，週身散發樟腦味的老先生有種冷凝的態勢，像一株觀葉植物，稍稍自持的姿勢，葉片上有斑點，沒有明顯的氣味，看上去涼涼的。中年的女公務員留著中學生式清湯掛麵的髮型，架著大塑膠框的眼鏡，彷彿青春時她不曾在意過這些外表的細節，如今那習慣已經刻骨銘心，繼續這樣青澀下去也無妨。她身上有肥皂味，大概是洗手皂那樣的氣味，算得上乾淨壓抑，不算幽雅。

當然這些都比不上擦髮油的男子。這種男士頭上的氣味宇宙無敵，連SARS期間捷運車廂內的消毒水也難與匹敵。通常這樣的男士必定留西裝頭，著尼龍襯衫，頭上必有頭皮屑滿天星，髮尾在領子上磨蹭，衣領一圈油漬。幾次捷運上巧遇這種男士，我不幸都比他們高半個頭，也就是說，他們油汪汪的頭頂恰好在我鼻子底下。

捷運的密閉空間使得人與人之間的陌生接觸除了視覺之外，還多了嗅覺。嗅覺的接觸相當私密而且直接，是一個身體對另一個身體氣味的探詢和瞭解。在象徵文明進步的捷運車廂裡，大家動物也似的嗅來嗅去，真是有趣的對比。

某次從捷運動物園起站開始，身邊坐了一位少婦，她身上的香水味非常甜美，我想四周的人都聞見了。這種秘而不宣的感覺令人明白，嗅覺是多麼生物的官能，而香味又是多麼縹緲的物質。她身上的香味使我深呼吸，並且莫名感到飢餓。

我相當不解，閉上眼睛絞盡腦汁，極力分辨她身上的香水品牌。我知道這是我熟悉的香水，但不是我自己，是曾經在某個地方的某個感覺。

一路上我都沒想起來，回到家之後仍然耿耿於懷，非常苦惱。

直到我站在爐子前準備晚餐時，才猛然明白，那是我十幾歲時母親常用的香水，後來母親換了牌子，我就一直沒再遇過那個香味了。

捷運上的香水味，一個普魯斯特和佛洛伊德交會的時刻。

自己的房間

成長求學的過程裡我四處搬家，狀況再糟的屋子都住過，偏偏就是不住宿舍，因為我要一個自己的房間，房裡若是有他人，我連睡都睡不著。

在十四歲之前我沒有自己的房間，每天在飯廳或客廳唸書寫作業，人來人往，絲毫不受影響。開始有了自己的房間之後，我就習慣把自己關在裡面，連著幾小時，不出聲兒也不出門兒。這大概是個壞習慣，因為長年下來，我非得有個房間不可，否則無法成事，而且待在房裡的時間

必須是完整的一大片，不能零零碎碎的進出。如此力求封閉和完整，房間像自己的軀體和內心，對我而言，一個密閉的房間意味著完整的自我和不受干擾或支配的生活。

這個習慣導致我像個老奶奶似的，盡可能把所有的東西集中在房裡。我夢想中最理想的房間是所有必備的書籍物品皆伸手可及。有這種習慣的人，沒辦法住透天厝那種大屋子，也沒辦法狡兔三窟，更沒辦法日出而作日落而息，因為工作、房間、和我自己已經成為一體。

我不貪心，只要一個空間，裡面是我的全部，這個空間就是人生的大本營，不可分割或移動。

英國作家吳爾芙在知名的短文「自己的房間」裡，主張女人如果能夠有自己獨立的經濟能力，以及一個專屬於自己的房間，那麼女性也能在創作上發光發熱。這篇絮叨的短文寫於一九二八年，在當時那個英國社會，吳爾芙連進大學圖書館都必須有男性陪同，而且女性的財產權法定經由丈夫處理，她這篇主張經濟獨立、空間自主的文章無疑是個大膽的前鋒。當然，吳爾芙自己在經濟不獨立而且沒有自己的房間等種種惡劣條件之下，依然成就了非凡的文學偉業。

我從來沒辦法一口氣讀完吳爾芙這篇文章，雖然這原是一篇講稿，卻異常繁瑣，一如她著名的意識流風格，文中充滿了內心微妙的轉折和枝節。我每每讀到大約第一章的尾端，約二十頁左右，就必須停下來，因為她連著幾頁講午餐吃了什麼喝了什麼，晚餐的湯如何，牛肉如何，馬鈴薯、起司和麵包如何，巨細靡遺，我一定開始發餓，然後離開房間，開冰箱。這樣一打斷，時間就散了。

清靈如吳爾芙者還是讓我想離開房間吃東西，顯見我的確是個俗人，即使已經有了自己的房間，仍舊易受外力干擾，缺乏定力。

缺乏定力的人時時承受著考驗，網路和手機讓外面的世界一點一點滲進房間裡來，門關了也沒用，空間的隔離已經不等於心神的安寧，一個人在房間裡，仍然會掛念著房間外的事，甚至花大半的時間處理外事。

身體獨處已經無法達致心靈的獨處，網路滲進房間之後，雖然讓世界看似伸手可及，可是也讓自己的房間不再無懈可擊，身在房裡，心繫外務，猶如在外。吳爾芙希望有個自己的房間得以不受打擾，遠離瑣事，我想這個房裡絕不能有網路和手機，恐怕連電話都嫌惱人。

其實這也不難，斷絕科技連線，就可以在技術層面回復「吳爾芙狀態」。只是，我老覺得自己的神經末梢牽著整個的外界，雖然阻隔了實質的接觸，卻無法重塑內部的主體構成，世界一旦參與了主體的建構就不再離開，我發現自己內心有一部分由這個世界組成，無法割離，外界的事物不斷經由這一部分湧入房間，而自我則有一部分不斷透過這一線相連而向外流出。

我想，內心空間分散了，有多少房間也罔效。

所以我還是常常從早到晚把自己關在房裡，在整個世界的喧嘩中讀書。

二 風景，人間

14:28

17:58 ←

← 16:36

未曾謀面的人

未曾謀面的人在生命中出現，日日夜夜，不知凡幾。

我從高樓底下行過，他正在樓上等電梯。

我從路樹下穿越馬路，他在下一個街口轉彎。

我走進超級商店，她剛剛買份報紙離開。

我坐在捷運看不見窗口的位置，她是某一個月台上趕不及上車的乘客。

我在書店的這一端看書，他從那一端書架走過。

他們看不見我，我是未曾謀面的人。

當我在街上低頭檢視手提袋、看錶、整理衣領、避開腳邊的垃圾、尋找悠遊卡、講手機，這一秒間，他們正好行經五尺之遙的身邊，駐足，張望，離開，隱沒，消失，像各據一方的雲。

我不知道他們曾貼近我，我幾乎就要看見他們了；如果我繼續往前走，如果我停下來東張西望，如果我撞上任何一個人，或者和任何一雙眼神交會，我就會定睛看見某一個人。

然而我低下頭去找一枚硬幣，我手忙腳亂想著那個五塊錢哪兒去了。

錯過這一秒，就這樣錯身而過，我不知道誰的來處或路徑，沒有人看見我錯過誰，誰都繼續前行而不等待我。我們是浮沉於不同暗流的兩塊漂流木，誰也沒有看見誰，在未曾謀面的人之間，沒有事情，沒有關係，沒有發生。

千百次擦肩而過的閃失在城市裡，沒有發生，人流彼此沖激，打散了，相遇了，分離了，重逢了，一天之內數千張面孔相互照面，一眼也不看，無聲無息無臭的素昧平生，在十字路口，圓環邊，扶梯上，地下道裡，公車站旁，電梯前，停車場中，騎樓下，車窗後，櫥窗外。

汨汨流動的人們行走其間，這高速且靜默的流動將他們的漠然化作了龐大的能量，這流動使人們不害怕陌生人，並且確信自己不會滅頂，靈肉俱存；這能量使城市深沉，使它轟然洶湧，它並且點亮人們頭頂的一盞春燈，我們理應看見彼此的光，日日在煙塵裡川行。

然而我低下頭去找一枚硬幣。

我不曾看見誰。

一滴雨水落向地面因此錯過屋簷。

一線汽球飄向天空因此錯過宴會。

街樹一樣在微濕的黃昏中背過臉去。

一隻麻雀從椰子樹飛上九樓半的閣樓。

鋼樑和玻璃反射這一秒凝止間，三百個未曾謀面的人經過我身邊五尺。

我抬頭繼續前行，音浪保護我不致暴露於虛空，我依舊與人擦肩，我不斷被他人錯過也錯過他人，各種可能的折損如此巨大以致計算無意義。車玻璃反光半掩的臉，電梯門即將闔起前瞥見的臉，過馬路時掃一眼的摩托車安全帽下的臉，隔街茫茫人海中遙遙對面站著卻看不清楚的臉，公車裡坐在身邊反而看不見的臉，電扶梯一上一下被人群擋住的臉，路邊咖啡店窗子裡背對街道而坐的臉，商店裡為商品吸引而忘記他人存在時借過的顧客的臉，巷子裡走在我身後在我回頭之前就已經轉彎了的不知是誰的臉。

在城裡，錯過的比經驗的多，沒看見的比看見的多，烏亮的柏油路並不引領誰也不誤導誰。我在陌生人的環繞之下感到心安並據此反覆練習行路的修辭，否則煙色的繁華不堪棲止。

直到清晨，我的車轟轟行過高架橋，成為人們夢中隱隱的一道噪音。我彷彿聽見睡眠者無聲的尖叫，這是未曾謀面的人最接近的時刻。

孩子們

都市生活中很少看見小孩。小孩是城市裡潛藏的寶藏，不輕易露白。見著了，都在馬路上或公園裡，匆匆照一面，然後他們就花拉花拉從腳邊溜過去了，說起來，還真像光陰。

對於那些抱在大人手裡的嬰兒或是剛學走路的幼兒，我總是懷著敬畏的心情，保持一段有禮的距離遙遙望著。我從來不會搶著抱他們，也不想逗弄他們，我更沒辦法面帶微笑對他們說太多無意義的語助詞。我只能像對待長者那樣，以充滿無限敬意的眼神看著嬰幼兒，笑一笑，點點

頭，然後我就尷尬得必須告辭了。

在書店和餐館裡玩耍尖叫的孩子令人更尷尬，他們是生活禮儀最艱難的測試關卡，他們考驗你的忍念和修養，他們目中無人，使你不知道該責罵自己缺乏愛心還是該責備家長疏於管教。只要在講究禮儀的地方出現了小孩，在場的人立刻全身警戒，頭冒冷汗，滿臉斜線。我猜大部分的人都立刻陷入道德困境，盡全力維持基本的禮貌，對這種擾亂視而不見，並極力克制衝動，不對他人的小孩咆哮。

我從來沒有潰敗過，即使是搭飛機長途飛行十二小時鄰座嬰兒全程哭鬧不休的史上最難終極考驗，我也面不改色，吞了頭痛藥堅強面對。我想鄰座那位母親崩潰的程度比我更加嚴重，她看起來也很想抱頭痛哭，這一點使我產生極大的同情心，因而得以捱過那段刻骨銘心的旅程。

但是公園裡活蹦亂跳的孩童是另一回事。公園這種地方有奇特的美化力量，它的假山假水、做作的石椅和涼亭，看上去都比外面的世界良善，孩子再怎麼繞著它追逐尖叫都無所謂，那種嘻鬧會有另外的意義，使得陽光和枝葉都更燦爛更婆娑。

小孩屬於公園，公園裡的小孩令人感到可喜，感到生機和雀躍。只有在溜滑梯和沙堆之間，人們對尖叫的容忍度突然提昇許多，而且還會認為這些叫聲真是適得其所，非常恰當。那斑駁的滑梯再蠢笨，沙堆再髒，一旦有了孩童歡樂的叫聲做襯底，也就一點兒也不覺得糟糕了。

談到歡樂，沒有比小學放學的時間那種歡欣鼓舞的氣氛更真切的了，下午三點半經過小學校門口，所有的人都會被那喜洋洋的、吱吱喳喳的自由感動。有的小孩從校園裡直直地衝出來，不自由毋寧死，一刻也不能等，一秒鐘也不願多待在學校裡。大多的小孩會排成奇形怪狀的路隊，拖著水壺或便當袋，外套披在身上，書包斜掛著，前面的跟後面的講話，左邊的跟右邊的講話，有的小孩時而在前，忽焉在後，在隊伍裡穿梭打鬧。

這些小孩一臉聰明相，眼神古靈精怪的，有一些立刻拿出漫畫書來跟同學交換，有的高聲談論線上遊戲的秘訣，也有針對飛機模型或偶像明星發表看法的，或者對於今天的考試有意見的。住得近的小孩由糾察隊護送徒步離開，住得遠的小孩上了校車，有些由家裡的菲傭接走，有些是父母的機車或轎車。

孩子們在那半小時之內，佔據了整個路口，附近的交通為了他們停頓，行人也面帶笑容紛紛讓路。孩子們彷彿是一注難得的清泉，嘩嘩然遍灑午後的街道。他們迅速滲進高樓和巷道裡，他們融入人群和車群，不見了，消失在城市的生活噪音之中。

直到第二天的早晨，他們又突然湧現，七手八腳地，揮舞手腳做起晨操來了。

計程車的氣體力學

活在台北，修養要是差些，就時常會氣急敗壞的。這氣和急倒也不是因為什麼好事被毀了，只不過就是單純的感到不順遂，生活中處處都是路障，隨時得提防著磕碰和摩擦。

當然，從前景氣還好的時候，人人火氣雖大，罵東西都還有個閒情，批評起時事來總有街談巷議的味道，帶點娛樂性質，至不濟就是搬出台灣人的老習慣，談省籍談股票，人人有話說，罵起來還是興沖沖的，氣燄聲量十足。

這幾年全球經濟都慘澹，台灣也夾在其中受害，普羅大眾的日子漸漸難過了，照理說火氣應該更大的，但不知是因為景氣蕭條，所以罵人的力氣都沒了，還是人人低頭過活，罵人的氣燄都滅了，現在人談起政治來只剩老套，不像從前那樣有熱情和想像力，街談巷議的目標從遠大的意識形態問題銳減為日常及身的政策和不便，從前那股氣燄轉化為對小事的不耐和氣急敗壞，至於家國大事，倒是很少聽人提起了。

坐計程車最容易感到這個差別。

從前坐計程車總覺得那司機先生開車彷彿是個副業，他的主業大概是流動的民意論壇主講人或是政治傳道者，賺錢在其次，他天天上街來改造世界，在他小小的空間裡滿載這個社會全部的期望和力量。

一輛計程車是一隻黃色潛水艇，生意盎然拼命向前，一不小心就要炸開來似的。他們一邊聽收音機，一邊闡述理念，那種熱切只有宗教講道的激情可以相比，乘客儘管不一定同意他們講道的內容，但他們宣揚理念的單純熱情總讓人敬畏三分肅然起敬。那時人人坐得起車，但是都怕坐車，怕禁不起那股能量的衝撞。車窗搖上來，冷氣開得極大，密閉空間裡分享熱騰騰的言論自由，亦步亦趨實踐社會參與政治，密度太高了，下車時仍然不免暈眩。

現在時日不同了，滿街的空車。空著後座的計程車就是空的荷包和空的胃。空久了，司機先生意見不多了，連聽廣播政論節目的都少了，經常遇見的狀況是全程沈默。後來又因為肺炎肆虐，五月天裡敞著車窗帶著口罩，開車掙錢，誰也沒那興致關切抽象的主題，而且肺炎疫情又太陌生了，說不清誰是誰非，索性沒意見。

這愀然無言的景況像是一個癱了的熱氣球，原仗著一股氣使它飽滿向上飛揚，現在氣沒了，就塌垮下來，連結構也沒有。

要有什麼氣還剩著，那就是氣急敗壞的這個氣了。

不過，後來大家似乎也漸漸凝聚了某種批評共識。

肺炎時期有次我帶口罩坐計程車，司機先生說：「你看看，你也被媒體蠱惑了。」

「蠱惑」這兩個字不是日常用語，因此聽起來格外嚴重。我在口罩底下微笑，蒙著臉表達徒勞的善意。

這位先生正聽著某毀譽參半的名嘴主持的政論廣播節目，他邊聽邊說：「其實這個病也沒那樣嚴重，都是電視弄得人心惶惶，大家不是煞死，是嚇死的。」

時至今日，社會僅存的一點共識就是批評媒體，人人都說媒體糟，社會亂象層出不窮媒體該負責，抱怨媒體也成了共同的話題。

這時車上的廣播節目正在討論中央政府和地方政府誰該為疫情負責，說著說著就有點老套了。這時司機先生突然，啪地，把收音機關了：「煩死人，媒體只管這種政治皮毛，台灣除了政治，別的都沒了。」

接下來的路程這位司機先生把台灣媒體的亂象數落了一次，簡直像在批評古往今來的執政黨，主要的理念就是要我別看電視新聞。我十分佩服他那股浩然之氣，覺得這位先生仍然保存計程車固有的流動民意論壇的風範，而且一樣身體力行。

臨下車時，這司機先生再三告誡我：「小姐，別再看電視了，不看電視日子比較好過啦。」
我在口罩底下笑著說好。

小診所

有人喜歡上大醫院去看病，據說是為了品牌的心安。

大醫院和大企業一樣，巍峨的建築蘊含了複雜的體系和流程，在一扇一扇的診療門後面有各種身體的審視和療方，也有精密的儀器和奧妙的生死。疾病是困難的，看病更難，排隊掛號、看診、檢驗、領藥更難。大醫院也是奇異的公共場所，衙門似的，一大群惶惶不安的人聚在一起，各有各的心事和病事。

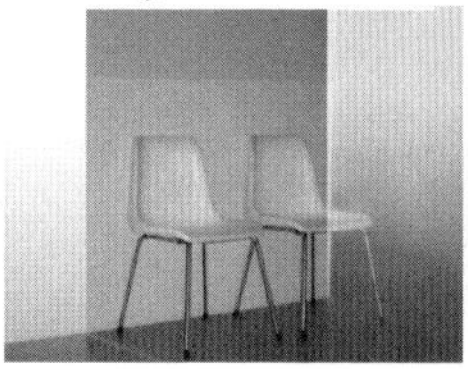

小診所是街坊鄰居，小病小痛歸它管。它沒什麼城府，進了門就是掛號台，大片玻璃圈著檯子，一個窗口既掛號也領藥，窗邊貼了自家印表機印出來的掛號須知、看診須知和各種流行疾病公告。旁邊的牆懸了大幅的風景月曆，通常是北海道或者瑞士，也有鼻咽道解剖圖或者肌肉骨骼圖，大概都是藥廠的贈品。

另一面牆則是醫生的人生圖像，證書、執照、研究進修證明、各機構贈送的獎牌、研討會照片、與社會名流的合照、病人送的匾額、政府發放的獎狀等等，方方正正裝裱好，一絲不苟在潔白的日光燈下發亮。這些文件是醫生的品質保證，它們是心藥，讓病人心安。國外醫學機構發的證書印著慎重其事的哥德式字型；有些執照上則貼了醫生年輕時的黑白大頭照，已經泛黃了，隔著這些年看上去還是品學兼優的模樣，而當年發證書的衛生署長的姓名，幾經宦海浮沉，人已經不見，這紙的威信卻還在。

候診的椅子通常是淺藍色貝殼形狀的壓克力椅子，某個角落有一株巨形黃金葛，稍微講究風水的會有一盆小魚缸，生意好些的有號碼燈懸在牆上。有些醫生過著令人羨慕的生活，喜歡打高爾夫球的，牆上掛了球場的照片，喜歡釣魚的有魚拓，賞鯨的有北極輪船的照片，賞鳥的有百鳥圖。

可是小診所最精采的不是這些擺飾，也不是診所顯露的生活趣味，而是偶爾在診所出入幫忙的醫生的太太，台灣話叫做「醫生娘」，老式稱呼則是「先生娘」。

早一點的年代裡，嫁做醫生娘是了不起的事，那幾乎等於衣食無憂並且地位尊貴。在鄉下，老一輩的人經常以讚嘆的口吻說起誰家的女兒嫁了醫生，或者某某內科，如陳內科或黃外科的醫生娘如何如何。甚至到了今日，偶爾還是會聽見長輩們談起哪位醫生太太又能幹又漂亮這樣的話。

的確，醫生娘是過去那個保守而且匱乏的年代裡一個女孩最有保障的出路，因為她除了嫁做人婦之外，還可以直接掌管先生的事業，並且日日在診所裡做經營管理並參與決策。醫生娘可以不必整天在家裡帶孩子發悶，她是診所的經理人，對外的公關和內部的帳務都由她經手。她一手打點這個小天地的裡裡外外，她既指揮護士，也招呼病人，她坐在掛號檯後面，一方面看帳，一方面看守自己的先生，對每個熟病人嘘寒問暖，能幹一點的，連哪個人的小孩讀哪個小學幾年級都瞭若指掌。

城市裡的醫生娘若不是在家做少奶奶，則大概都有自己的生活與事業，傳統那種角色如今少見了。

很巧地，我在一個小診所裡就遇見這樣傳統的醫生娘，那個勤勞能幹的勁兒令人想起小鎮醫生的診所。大概年過四十的醫生娘穿得整整齊齊，抹了粉，捲了頭髮，端坐在掛號檯後面指導病人填病歷表，順便叮囑護士注意候診室的垃圾桶和衛生紙杯，隨手收取掛號費和健保卡，然後走到看診室去幫醫生倒一杯茶，這眼觀四面的一切她做來順理成章，還不忘招呼我「坐一下，馬上就輪到了。」又和另一位病患討論病情。笑嘻嘻地，所有傳統醫生娘的功夫她都做足了。

我當場完全被她收服，這樣細膩的風景實在久違了，哪裡是如今大醫院裡生產線式看診經驗能比的呢。

攤販

台灣特色之一，就是哪兒都有攤販。攤販彷彿是島上的地氣人脈所聚，一如菇菌靈芝之屬，自然而然從各處冒出來，人多的地方，車多的地方，景色好的地方，天涯海角，必有攤販。

有攤販文化的社會多有墾荒氣息，一輛發財車載滿一個園裡摘下的柚子，或者一個篷車帶齊鍋碗瓢盆一切的家當，瓦斯塑膠袋和衛生碗筷，一大鍋食物，幾瓶調味料。單槍匹馬推上山巔海角街頭巷尾，選定一個位置坐定，頂天立地，旋即熱火火地開賣，動作敏捷迅速沒有半點猶豫，那個天不怕地不怕的架勢想是從荒野裡和老天搶飯吃的氣魄裡養出來的，前無古人後無來者。

一個攤子是一個生計一條活路，豈能退縮。

這種墾荒的人最明白什麼是「天意」。

所謂天意，是在最開闊的平野上或者最荒蕪的林子裡，在莽莽的風中雨中，一個人能夠了悟的極限，發現巨大難測的力量牽引著微渺的自己，那個力量不可名狀，除了順著它走，也得逆著它活。雲飄過草原，風掃過沙灘，雨撒過山巔日頭狠狠曬過公路，這個懂了天意的人坐在這裡，賣你一顆西瓜，一粒肉粽，或是幾顆鐵蛋。人流車流，人世荒荒，就是他要墾拓的荒涼。

所以我一點也不奇怪，會有攤販真的打著這樣的招牌在淡水沙灘邊，夕陽底下，無限感慨：「人生無常，大腸包小腸」。賣的是糯米腸夾香腸。

在夜市之外，這樣的攤販到處都有。在隨便撕下來的厚紙板上，麥克筆寫了歪歪扭扭的大字，咬牙切齒的，生怕別人不信，「百年老欉，不甜免錢」，講的是柚子。賣水果的攤子有的時候令人切身感到「果賤傷農」的痛，產量過剩的時候，他們常常二話不說，直接寫「俗，一斤十元」，彷彿已經累得說不出話來，那一大堆水果澆水修剪施肥除蟲採收，折騰一整年，只值得十元，他也要納悶究竟還有沒有天理。一個人乾黑瘦蹲在一攤果子旁，看起來已經聽天由命，可是只要你一靠近，他馬上活過來，切果子給試吃，讓你不好意思空手走開。

也有這樣的攤販，凌晨兩點，連夜市都收攤了，空了，他方慢慢兒推出來，在別人已經休息的地盤上繼續下去，使得這夜市的夜不曾黯淡。總有人光顧他，有計程車司機，也有夜生活的小姐和附近的夜貓居民。人不多，三三兩兩，竟也不曾空閒。一個老爺爺，賣四神湯豬血湯和米粉炒，選項就這幾樣，沒得挑，幾個摺疊桌還是坐滿了。他一邊照顧生意，一邊和一個坐在摩托車上的年輕人講話。那年輕人熄了火，只坐在一邊瞎扯，也不幫忙，聽那口氣也不像父子，兩人倒是有說有笑。

老爺爺是很常見的攤販爺爺，年輕人是很常見的痞子青年，油頭滑面，像是古惑仔電影裡只會拿刀砍人的小混混。一老一少聊的話題實在聽不懂，充滿了他們自己的語彙，似乎是跟寺廟或者宗教團體有關，要不就是跟他們共同參與的什麼買賣有關。我邊吃邊聽，恍然大悟，原來是樂透。他們講了一大段黑話，其實是六合彩的術語。

聽懂了，他們的對話令人有滄涼之感。老爺爺說，他簽六合彩十幾年，贏過幾棟房子，也賠過幾棟房子，他還是一直在這裡擺攤子，神佛的旨意在數字裡來來去去，大起大落，他這個擔子最穩當，人總是要吃宵夜的。

這是個懂了天意的人。

人性的軟弱

二〇〇三年肺炎疫情高峰期之時，整個台北陷入了無法言喻的肅煞之氣。失職的醫護人員和無能的政府官員引起眾人的憤怒，而居家隔離的人出門亂跑，也經由媒體披露而遭到社會嚴厲譴責。當時新上任的衛生署長於是沈重地說了：「我們要對抗的不只是病毒，而是人性的軟弱。」

人性的軟弱比體溫更難測量，這軟弱是全面的，充滿恐懼並且殘忍。有病的人軟弱，因為害怕而想否認現實，心存僥倖覺得自己一定沒病；沒病的人同樣軟弱，也因為害怕而幻想現實，歇斯底里覺得自己一定會得病。如此複雜的軟弱交錯，社會上不論有病沒病，一片自私與怒罵的情形也就不足為奇了。

我正巧在肺炎高峰期生了病，而且符合體溫升高、頭疼、起疹子這幾項病徵，雖然其實只有一點點不舒服，沒有咳嗽，發燒的溫度也沒那麼高，可是心裡卻開始慌張了起來。體溫升高那天晚上，我完完全全體會了什麼叫做「人性的軟弱」這回事。

理智上，我非常清楚自己沒感染，我把政府發送的防疫手冊拿出來仔細研讀了幾遍，反覆確定自己的症狀不是染煞。可是看了當晚的電視新聞又慌張起來，百貨公司和夜市都曾出現可能病例，而且各種大眾運輸系統也都曾有可能病例搭乘。

害怕之餘，我列出一張路線清單，發現自己去過某百貨和某夜市，即使已經相隔數日，幾乎不可能染病，「萬一」這個念頭卻像漂白水的氣味一樣，陰慘慘地在心裡飄著。

當時染煞醫師赴日的事件已經發生，社會上關注染煞者的道德問題遠遠凌駕了病患的生死問題。我就在「雖然不可能，但還是去醫院看看吧，萬一真的是，就趕快隔離免得挨罵」的想法中輾轉了一夜，那種心情大概近似自首。

第二天我又面臨另一個道德問題：不完全確認的疑似症狀，該直接打電話給疾病管制局，還是就近到醫院診所就醫呢。我又重新研讀防疫手冊，但它沒有答案。電視新聞也沒有指導性的防疫訊息，只有越看越恐怖的疫情報導。我想，應該淨空十天的不是各行各業，而是媒體。

我上了幾個網站瀏覽，打了幾通電話給朋友，朋友歸納一個結論：「妳要相信接電話的公務員還是相信醫院的醫生？」這句話反應社會現實，說服力太大了，我於是掛號當天下午的感染科。

這時我已經完全為道德問題支配，也失去判斷自己和客觀事實的能力。我發現我真正害怕的是社會的責難而不是病毒，滿腦子都是「萬一是，怎樣才不會挨罵」，至於自己的症狀到底是否染煞，反而已經不重要了。我隨身帶一瓶消毒酒精，戴上兩層口罩，徒步走去醫院，這段道德之路真是又炎熱又遙遠。

進醫院之前一個護士幫我量耳溫填體溫單，她比我自己還不怕我，我眼淚都快掉出來了。醫院裡沒人，感染科附近更是空蕩。儘管穿隔離衣往來的醫護人員和以前一樣交談開玩笑，醫院內卻有一種奇異的冷靜，有點「事到如今就看著辦吧」那種沈著，最核心的疾病空間反而不太可怕，可怕的是醫院外漫天發燒的謠言和追捕病患的恐慌。

我等著，漸漸不那樣慌張了，而且越來越看清事實，人心的幽微軟弱，不堪一擊的理性，幾近偏執的道德指控，都在這冷靜的時候了然。

診療室裡醫生和護士穿著電視上看見的白色隔離衣和防護罩，問診的態度一如往常，我還看見他們額頭上悶出汗珠。

檢驗的結果很快出來了：「一般病毒感染」。

醫生嘆氣說：「怎麼辦喔，這個社會怕成這樣。」

護士和我都笑了。

結果是，理論上我不必隔離，但因為社會恐慌太嚴重，醫生建議我乾脆自行居家隔離三天，以免別人害怕。

名牌手提包

離開台灣幾年的朋友回來渡假，大大感嘆說：「台北變了。」台北自然是天天在變的，朋友說的不只是外觀，她說的是某種「氛圍」。

她覺得，台北變得虛榮多了。

我天天浸泡在台北的浮華和語言暴亂之中，已經失去恰當的物理和心理的距離，我對激烈的言詞和誇耀的物質逐漸產生了抗體，因此對於氛圍的轉變也麻木了。我再也沒有當年剛剛返國的時候強烈感受的震撼，我也看不見當年所見到的情分或是感動。街上行走的人從眼中隱形了，週邊的建築也只剩下實體而失去了存在感。

我知道從前的台北不是這樣的，但是現在的台北究竟變成了什麼樣子，我也說不上來，不知道是因為感覺太多太雜，還是因為台北太多太雜。

說虛榮也對，因為台北人愛面子，講排場，喜歡賭一口氣，喜歡一窩蜂，喜歡湊熱鬧，趕潮流，口無遮攔，意氣用事。一般都市人的冷漠和虛無，在台北還不至於那麼明顯。

台北的難題絕不是太冷漠，而在於太熱情太直接，完全直言無諱，對任何新引進的事物一旦起了興頭，就轟轟烈烈玩它一陣子，弄得過火了，失去新意，又立刻掉頭不顧，玩別的去。這慾望的流動如此立即而明顯，嗅不出壓抑的文明氣，倒有些原始的況味，像見獵心喜的原始人，遇見鹿群就卯起來吃鹿，遇見羊群就埋頭吃羊。

朋友說，她很難相信，走在信義計畫區裡，每個年輕女孩都骨瘦如柴，手上都挽著一個名牌手提包。經濟這樣差，依舊蓋了許多的百貨公司和消費商場，而且人手一個法國名牌或英國名牌，到底錢都從哪兒來的，又都到哪兒去了呢？

錢的流動我無從得知，名牌手提包倒未必是真的，這些提包雖然貴，卻幾乎沒有獨特設計可言，仿冒易如反掌，所以絕不能以滿街名牌手提包來判斷經濟榮枯。即使是真品，恐怕也是現金卡或信用卡負債買來的，說不定街上越多人手持名牌物品，表示越多人負債。能夠消費價格昂貴的物品未必等於手上擁有相等的現款。

台北虛榮的幾個具體顯像大概是名牌盛行、減肥、蓋高樓這三件事，這些搞的都是門面，都是要好看，要人尊敬。虛榮的第一要件就是自己能夠被看見，耀武揚威，沾沾自喜。所以名牌提包是一個虛榮的大眾社會解決面子問題的方案之一，正如同蓋一座世界級高樓能夠產生的都市文化效應。這種簡單的符號消費又顧及面子，又能普及化，幾乎成了社會公用的符碼，人人一望便知你有幾兩重，砸了多少錢在物品上面。萬一拿的是仿冒品，也不知道該說這人真聰明真踏實，花小錢買大面子；還是該說這人真是虛榮極了，花不起錢卻硬要湊熱鬧。

虛榮是大眾社會的躁鬱症狀，名牌提包是這種社會的定心丸。

一個瘦女孩，打扮得花枝招展，挽著名牌提包，走在世界高樓之下，在信義計畫區購物，幾乎是一個人能夠憑一己之力達到的物質自尊之極限，昂貴轎車或高薪男友這種遠大目標都還必須配合各種努力，但是，使自己激瘦，並且買一個名牌提包，就容易多了。

然而令人感到諷刺的卻是，在台北買東西吃東西，逛百貨公司，總是吵吵鬧鬧，彷彿趕集或逛廟會。在這種時空條件之下，衣著入時全身名牌的人看上去就像是穿金戴銀的鄉下佬，大把的銀子花在身上，如果沒有那一只名牌提包鎮著，恐怕就全身不自在，手足無措了。

選情枝葉

有選舉權以來，我只投過幾次票。我支持的政黨不固定，我支持的候選人有時候贏有時候輸，每次開票我都坐在電視機前，彷彿看賽馬或開樂透賭盤似的，有點精神分裂，一邊激動，一邊告訴自己一定要冷靜抽離勝負。

我們一家四口，選票分布相當複雜，不管是爸爸、媽媽或是我們的候選人贏了，我們還是得開桌吃飯，洗碗吃水果，沒有人會把飯菜扔到對方的臉上去。

總統大選照例在我家裡造成選舉焦慮，其症狀包括爸爸整天看報紙看電視，並且經常參加造勢活動，媽媽非常擔心政治情勢，天天打電話跟我拉票。我和妹妹是百分百游離票，一天一種看法，努力吸收新資訊，頭昏腦脹，這種懸浮狀態其實也造成很大的心理壓力和不安。

選前情勢緊繃的兩星期，反而沒有朋友跟我談政治，我想是因為台灣人特有的政治敏感，再好的朋友也不敢隨便相互表態，以免一言不合撕破臉，日後就難見面了。

但是游離的狀態真是太痛苦了，我決定訴諸人際網絡，所以選前兩星期，我開放朋友們跟我拉票。

這一開放拉票，我更加陷入前所未有的混亂，我第一次明白，一個立場不明的閱聽人暴露在各種矛盾的訊息之中，有如風中的蘆葦，水中的荇草，根本無法產生理性的判斷。有朋友半夜打電話來遊說，有朋友特地請我喝咖啡，有朋友日夜傳送簡訊，也有朋友轉寄各種電子郵件，有謠言，有耳語，有複雜的數據，也有艱深的政策分析。

我就是台灣社會具體而微的「中間選民」，所有的訊息都針對我設計，所有的人馬都對我萬箭齊發，躲也躲不過，我成了被選舉綁票的小市民。

到了選舉前一天，我焦慮得以為台灣的未來全在我手上，情勢演變成舉棋不定的我一定要給諸多朋友一個交代，此時偏偏發生了槍擊事件。

接下來二十四小時在我身上發生的選票攻防戰於是逼近癲狂，我蹲坐電視機前搖擺不定，朋友紛紛打電話來固票，我第一次把手機電池講到沒電，左右難為不知如何是好。我眼睛無法離開電視新聞，我感到HBO的劇情真是無聊死了，完全比不上台灣的現實，就在這種恐慌的情緒裡我糊裡糊塗睡過最後一夜。

投票那一天我照例接到母親的催票電話，同時也接到來自不同立場的朋友關切的電話。

我和妹妹前往投票的時候，仍然沒有辦法下定決心；我們走得非常緩慢，想要拖延台灣的未來。我們排在領票隊伍裡東張西望，想從週遭人們的表情裡看出一點端倪，可是人人面帶微笑，懷著他們天大的秘密，深藏不漏。

我讓妹妹先投，她慌張地看我一眼，惶惶然走進圈選處。我昏沉沉跟著走進白布後面，攤開選票，嘆了一口氣，咬著牙，蓋了印，投了票。

開票的時候我倒是感到前所未有的平靜，因為雙方票數太接近了，所以誰贏都無所謂，都算是半數人的選擇。

我睡了一覺，醒來就發現大局已定。

當然，開票之後，我的朋友們有些是又快樂又激動，有些又憤慨又不甘，此時沒有人感到寂寞或美好。

當天稍晚群眾在總統府前示威抗議的時候，我不禁又悲從中來，我看見拒馬和鐵絲籠擺在和十幾年前一樣的馬路上，警察的制服和盾牌也都是一樣的顏色，抗議的人憤恨難平，被抗議的人呼籲理智冷靜，只是如今抗議和被抗議的人換了邊。

我又嘆了一口氣，把電視關了。

如果十幾年前那樣的激情都會消失幻滅，有什麼是我們不能忍受的呢？

有朋自遠方來

因為選舉之故，許多親朋好友紛紛從海外回來投票。這些年來，台灣大小選舉不斷，「返鄉投票」幾乎成了海內外一致的政治行為。原則上，選情越激烈，動員規模越大，回來投票的人也就越多。

因此選舉的時候我也就忙著和久違的朋友們聚會，可是，這有朋自遠方來的晚餐或下午茶，大夥兒總是辯論得不可開交，不亦鬧乎。

諸多朋友之間只有我長居台灣，但是我已經失去在這樣的氣氛裡大逞口舌的力氣和勇氣了，我天天從電視報紙網路聽太多政治意見，幾乎對任何觀點都產生抗體，失去個人決定性的立場。反倒是已經成為僑胞的這些朋友，一個個以天下興亡為己任，置他人死生於度外，侃侃而談台灣政局應如何如何。身處其中，我感到莫大的哀傷。

朋友們雖然離開多年，與在地生活產生斷裂，卻對這裡充滿不屑，他們看不起這裡的人事物。我們曾經一樣崇洋，一樣對台灣失望，但是領悟卻各不相同。

令人難過的倒不是他們不回來，而是他們像這樣偶爾回來玩的時候。他們回來時是過客也是暫時的歸人，這相聚分外感傷，他們已經找到一個穩妥的支點，自外於台灣，從高處俯視這個小地方。我成為他們鄙視的一部分，這一點令人難過。

不論支持哪個政黨，這幾個朋友倒是有個莫名其妙的說法非常一致：「我當初會走，就是因為台灣這樣亂。」彷彿現在時局如此，早在他們明智的預料之中，因而更加肯定他們當初移民之必要。

我只好乾笑著，心想他們大概真的很慶幸，不論怎樣亂，過幾天他們還是走得成，留我們收拾殘局。

我非常想知道，其他一千三百萬投票人究竟都拿什麼回應撐過這種對話。我一方面不想辯護，免得自己落一個基本教義派的民粹主義立場，我也不想附和，免得另一頂自卑自棄的崇洋帽子扣在我頭上。要不要移民自然是他們的決定，我只是生氣，氣他們這樣事不關己的訓話態度。

只因為他們有個更「進步」的居留處，這裡的一切忽然賤如螻蟻，聽著他們對台灣發表意見，這裡不對那裡不好，某某族群如何如何，另一族群又如何如何，不管他們罵哪個黨哪一群人，我總覺得他們一腳踩在我臉上。

我承認我暗自在心裡發怒，我想不出恰當的詞彙反駁朋友，我的怒氣不為任何政黨也不為任何族群。我只是氣，既然要用外人的口氣批評，何必大老遠跑回來投票呢，既然有心返鄉投票，就不要自以為是外人。

當然，吃過幾次飯，我們的話題也隨著社會焦點轉移而改變，大家漸漸找到談話的節奏和避諱，有些話避開了，有些主題浮現了，講的不外是工作、感情和家庭這些即身的、小小的個人事件。

冰凍三尺的結構性議題讓我們難以對話，但是個人的瑣事卻有無限的溫暖和笑話，拿出家庭相本來的時候，大家的笑容都相似極了。

接下來的日子裡我又忙著吃送行晚餐，朋友們一一擁抱送別。

我一人送一包魷魚絲一盒鳳梨酥，祝他們一路順風，沒有選舉時也多回來玩。

回家

出門在外的人一想起家，情緒一定十分複雜。作家余華曾經在一篇短文裡提到，他在自己的家鄉時，其實連出門自己散步都不太可能，因為他的家鄉太小了，人人互相認識，他會不停地遇上熟人，所以他必須不斷地停下來，和對方講一兩句無意義的話。他後來到了大都市，感到十分自由，大都市的嘈雜並不影響他內心的安靜，因為那裡沒有他的童年和親友，他一個人在街上走，他感到這城市不屬於他，他覺得自己是走在別人的城市裡。

這裡面有一種孤單，也有一種幸福。

在大都市裡行走，多數的人都不會遇上熟人，一方面是都市太大了，不像鄉下那樣，認識的人都住在一起；另一方面是，在都市裡，即使原來住在一起，也容易搬遷，關係無法累積。所以只要是童年不在都市裡度過的人，對於都市的記憶就無法累積得那樣緊密，那樣親暱，那是因為人來人往，成人的感受已經不深刻了。

我像大部分的台灣小孩子一樣，十八歲離家北上念大學，每年這樣從台北以外的縣市離家求學的小孩不知凡幾，每到了學期結束，這些學生就群聚在火車站和客運站，等著一班一班的車次載他們返鄉。他們現在看起來不像我們當年那樣辛苦，臉上沒有一種慘樣，我想那是因為他們非常確定，一定會有車次，一定會回家。

曾有住在彰化員林的朋友告訴我，從台北到彰化員林大概只要三四個鐘頭的車程，她卻因為返鄉的公路塞車，坐了九小時都還到不了，快要可以看完《魔戒三部曲》了。還有老家住在台南的朋友說，一旦開始塞車，客運司機就從高速公路轉下，改走當地小路，她在車上睡睡醒醒，怎麼醒怎麼看，窗外都是台中，怎樣也離不開，總共走了十二小時。

我自己曾經遇過非常驚人的經驗。在火車站裡，黑鴉鴉的人們全擠著，再也擠不上車，火車遲遲無法開動，因為人人抓著車門，沒有人願意放手。這樣僵持了一個小時，警察就來了，在我們身後推我們上車，我得謝謝那個硬將我塞進車門縫隙的警察，因為我一上去，車門就在我身後關了。我就那樣不得動彈，連搔癢都有困難，卡了三小時，直到花蓮，有一半的人下車，狀況才好些。

就在這鬆口氣的時候，有人跟我打招呼，竟然是國中同學，她說在台北站就看見我了，只是我們各自卡在不同的位置，相隔僅僅幾尺但是夾著一百個人。我們就笑了。

然後又有人跟我們打招呼，原來是她的鄰居，鄰居也說，她剛剛就看見了。

然後，我又看見小學隔壁班的男生站在車廂的另一端。

我心想，這是怎樣！我人還沒到家，氣氛已經像家了。

忽然又有人問：「你是柯裕棻嗎？」

我低頭一看坐著的人，天哪，是小學老師。

返鄉的車有一種切換時空的能耐，我從來沒有在這樣短的時間之內，遇見這樣多過去的親友。

我感到有點狼狽，又有點趣味。這車從都市來，但是越往南走，它就越像家鄉。

這一節車廂像都市的切片，都市其實就是這個樣子，小空間裡擠著過多的人，摩擦多了，人的臉孔就模糊了，彼此就見不著，咫尺天涯；人少了，人的臉就如同星辰之間的連線那樣，一顆一顆地發亮，緩緩地浮現了。

裝潢師傅

景氣低迷的時候，不少人賣房賣地；景氣回溫之後，那些買了房子的人開始裝修房子，於是裝潢師傅就來了。

這些師傅們如同天兵，毫無預警地來。

他們總是在某一個開工破土的黃道吉日早晨，趁你還在早餐的迷濛寧靜之中，甚至是被窩甜美的黑暗之中，從大樓的某一戶，拿出他們的電鑽，開始破壞與建設的營生，打牆壁，敲磁磚，卸窗戶，拆大門，挖管線。而你很清楚知道，舉凡動用了電鑽的工程，絕非泛泛之屬，小則數星期，大則數月，擾嚷不休，清夢難再。

然後，也毫無預告地，某一天你突然發現，好久沒聽見電鑽聲了。此時他們早已遠離，在某一天的工作結束之後，收拾妥當，就不再出沒你這棟樓，又到別處敲打別的牆去了，像一群攻打長城的匈奴人。

電鑽鑽牆壁的聲音是種極端的聽覺暴力，見識過的人大概都沒辦法忘記，而且必定深深以此為苦。我曾經遇過三隻電鑽同時在正樓上撬挖地板磁磚的戰況，一塊一塊驚天動地的鑽開，我坐在屋裡仰望天花板，樓上的電鑽每一吋進展都往我腦子裡開挖，震得我思考麻痺，神情呆滯，彷佛腦子破了一個洞。我只好天天夾著書本逃跑，窩藏在圖書館裡等下午五點，他們收兵了我才敢回家。

過去這一年我住的這棟樓有好幾戶房屋轉手，陸陸續續有裝潢整修工程進行，一年間竟然不曾稍歇，每隔一個月必得見識早晨激動的電鑽。我日日從驚天動地中醒來，面對這個無法選擇的、轟轟烈烈的塵世，怨嘆著刷牙洗臉，詛咒著出門。後來更熱絡了，竟然有三戶同時進行整修，三組不同的兵馬共用同一架電梯，盛況空前。幸虧都是距離我較遠的樓層，電鑽聽得見但是嚇不著，我經常半夢半醒躺在床上，分辨噪音來自哪一組人，拆窗子抑或拆浴室。

現時師傅的手腳其實頗快，大概是好幾筆生意等著開工，所以絲毫不懈怠，電鑽和空氣槍一刻也沒停過，不像蕭條的時候那樣，做一天晾一天，慢條斯理的。噪音也是勞動產物，單單從噪音的狀態也能夠輕易分辨勞動者的工作情緒。

某一次我在電梯裡遇見了一個工頭模樣的人，他的穿著介於打工師傅和承包商之間，比師傅們多了皮帶和錶，比承包商多了灰塵和髒污。我笑著問他工程還得要多久。

他完全洞悉我的原意，直接回答：「還會再吵一陣子。再一個月吧。」言下，警告之意多於抱歉。

我必定露出某種無奈的表情，使他動了惻隱之心。

他說：「今天會有貨車來車走拆除的垃圾，如果你們家裡有什麼大型的垃圾不方便丟，我看看能不能幫忙。」

這顯然是工頭才能做的敦睦鄰里的決策。於是我們請他車走幾片堆積甚久的書架木板子。

這麼一來，我也不好再抱怨什麼，每天早晨還是聽見電鑽電鋸，只好忍著點就過去了。

專櫃小姐

常聽說，一個絕好的銷售員，就要能賣冰給愛斯基摩人，賣梳子給光頭。如此看來，百貨公司裡的化妝品和服飾專櫃小姐可說是台北一絕。她們若是下定決心賣東西，絕對能賣多餘的東西給不需要的人；若是她們心情不好發脾氣，也能硬生生把上門掏錢買東西的人氣走。

台北的百貨公司專櫃小姐是一群頂尖的銷售員，每個都有一對透視的法眼，一張舌燦蓮花的口才，沒有什麼挑剔的態度能逃得過她們的手腕，沒有什麼暗藏底牌的表情躲得過她們的洞察。

她們如此精明，見風轉舵，委實不知道是怎樣的人生經歷打造出這種幹練。她們一旦盯上了你，要你買東西，那麼，她們一邊說服你，你就一邊感覺天女在你頭上撒花，紛紛亂墜，而你的錢就像江水那樣，滔滔地從口袋裡洶湧而出，留也留不住。她們那股什麼都能賣的勁兒，著實令人感嘆台灣經濟怎能不起飛。

化妝品專櫃的小姐幾乎每個都像廣告海報的模特兒，公司的產品全抹在臉上，一張臉細緻地撲了粉，描了眉，眼皮上至少有五種以上的產品，口紅彷彿永不脫落，頭髮一絲不亂。那種完美狀態令人無法置信她們一天要站八小時，那樣的美和那樣的勞動完全不成正比，若非有驚人的毅力，恐怕腰酸背痛的辛苦早就吞沒了笑臉。

化妝品的櫃檯空間只有幾坪大小，完全沒地方小坐，一舉一動都暴露在川流的顧客視線裡，一有人靠近就得立刻笑臉迎上來，一刻也不得休息。她們代表了美麗的承諾，站在一櫃子閃閃發光的商品之中，她們的臉就是產品最終極的展示區。

儘管我明白這種服務性勞動的辛苦，遇見了脾氣壞的專櫃小姐，我還是沒辦法將心比心，沒法理智看透後面的結構性問題，我很容易就因此受了氣，直接認為這是個人問題，弄得滿肚子火。有一次還在專櫃前面氣得全身發抖，當場落淚。我拿這些精明能幹的小姐們完全沒辦法，我要不是被說服花一大堆錢，就是滿心抱歉我沒花錢。

造成這種局面的原因很簡單，台北畢竟是個大城市，講門面，講氣勢，講打扮，不管一個人的出身如何，衣著幾乎是社會對一個人判斷的唯一標準。這是不幸的現實，一個打扮尊貴的人，就比衣著隨便的人容易受到重視。這一點，我想大部分的女孩子都能夠了解，而且多數的台北女性都明白，出門逛百貨公司要是不稍作打扮，那真是自取其辱。打扮得稍微家常些，馬上感到專櫃小姐的冷淡，令人又尷尬又孤單又空虛。我想，大部分的人或多或少都曾經捱過專櫃小姐的白眼，也一定曾經被奚落過幾句。

這是都會的消費經驗，隨時可能會被人瞧不起的消費經驗，這與許多談論消費文化的理論不同。對於經常感受階級壓力的消費者而言，消費不只是花錢買東西買滿足買虛榮這樣明白，這整件事是一場角力，沒有人是絕對的加害者和受害者，沒有絕對的壓力和抵抗，沒有位階的高低。單就身上的行頭論高低，這是一場肉搏戰。

在我與美麗的專櫃小姐之間，拼的完全是幾分鐘的輸贏，幾分鐘的氣勢，看誰最會使詐使壞耍嘴皮子，看誰玩這個消費遊戲玩得比較熟練。

她有兩種選擇，一是完全不理我，使我敗興而歸，二是狠狠地賺我一筆。不論是哪一種，她都大權在握，高高在上。

輸的當然是我。

關於看電視的小事

某一天夜裡，我和幾個朋友照例在夜市的廣東館子碰面吃飯，遇見了非常有趣的小事。

這個連招牌都不起眼的違章建築似的骯髒小店，通風糟透了，不僅炒菜味沒法子排散出去，客人的香煙也瀰漫如三溫暖，弄得每個食客都像是燻鴨子一般，滿臉膩著一層油煙。館子裡長年煙熏火燎，地面雖然乾淨卻有點黏膩，而且凹凸不平，有些地方還軟陷下去，令人擔心掩著塑膠皮的板子底下其實是個大窟窿。偶爾一兩隻小型蟑螂會從桌上的辣椒罐後面爬出來，我們從不驚惶，讓路給它們爬過去就算了，懶得叫嚷。

最新奇但是也令人頭疼的是，它有非常多在台灣落地生根的廣東常客，這些客途異鄉的人經常喝得醉醺醺，不划酒拳，只是隔著桌子互相叫嚷，廣東話聽起來分外宏亮，彷彿一個在香港島一個在九龍塘，隔著海港對喊。聽他們嚷久了耳朵有點聾，我們就漸漸覺得國語不是個有氣勢的語言，沒法子像他們一樣氣震山河。

這樣的廣東小館子，菜倒是做得極好，好得我們能夠克服各種心理障礙，為了它的金銀蛋上湯莧菜和青紅蘿蔔湯，三番兩次光顧，什麼衛生也顧不了。

這天大概是晚了，館子裡才兩桌客人，他們酒照喝，煙照抽，敞著喉嚨開懷聊天。

老闆娘抱著小囝兒坐在櫃檯後面，斷斷續續參與客人的話題，她也是個廣東人，不是黑瘦那一型，而是略有雙下巴和小腹的白胖年輕太太。這老闆娘總是帶著心不在焉的神色跟客人點菜，遇上誰點了不當季令的菜，或是已經賣完了的海鮮，她會毫不猶豫立刻打斷說「沒有這個了」，一秒鐘也不遲疑。廣東人的俐落爽快哪裡都一樣，沒有多餘的虛禮。上菜的時候也是，喀拉一聲，菜盤子放下就走，一眼也不多看。不是傲慢，只是不得閒。

老闆娘抱著小囝，正替小囝梳頭。也不知道為什麼，她拿起遙控器，將電視從政治偏執的新聞台轉到公共電視台。公共電視那一本正經的乾淨調子，感覺上和這個骯髒吵雜的食肆極不協調，而且，老闆娘把公共電視的音量調高，壓過我們的談話。

這還是我頭一遭在自家以外的地方看公共電視。

那時候公共電視正播出類似宇宙生命起源之類的片子，非常引人入勝。我們看著看著，起了興趣，筷子就停下來。

其他客人也停止擾嚷，幾個廣東大男人醉醺醺的，全盯著電視螢幕看得出了神，整間館子靜了，只有配音員冷靜標準的國語，有條有理告訴我們，蛋白質胺基酸的組合，隕石大量墜落地球的後果，三十億來年地球運行的軌道，等等。這樣深奧的知識出現在這樣柴米油鹽的地方，我除了目瞪口呆，更是恍惚，彷彿我從來未曾聽過比這些更天高地闊的言論，從來不知道這俗世之外更有玄機。

當時當刻，館子裡全部的人，包括兩個廚師，都摒息定睛看公共電視。

我們像是集體做了一場科學的夢。

這是相當玄妙昇華卻又異質的十五分鐘。

我先回過神來，聽見一個廚師講：「我年輕的時候對這種科學的東西很感興趣。」

另一個人答：「我也是，這種東西很有趣啊，這個拍得很好。」

兩人說完，就沒話了。一會兒，他們又返回廚房裡去炒菜了。

大家陸陸續續從神奇的電視畫面抽離出來，三三兩兩開始交談，他們的注意力分散了，又開始吵鬧，再也不關心隕石衝擊地球的可能性了。

飲食習癖

我曾經在過年大吃大喝的期間讀了一本講述日本文人飲食生活怪癖的書，讀到夏目漱石的飲食那一段，感到十分同情。夏目有胃疾，嗜甜食，最愛吃餅乾。過世前大量胃出血，卻仍然央求吃東西，他後來吃了一點冰淇淋，最後要求還是：「我想吃東西。」喝了一口葡萄酒，說「好喝」，就走了。

我這個有胃病的人看來，這一段描述真是怵目驚心，慘澹異常，逼真得彷彿看見自己的終點。我也非常喜愛餅乾和冰淇淋，此時這兩種甜食忽然成為深具悲劇色彩的食品。

患了胃病後，我常常特別注意為胃疾所苦的人。

夏目漱石有胃病並且死於胃出血，眾所週知；他在英國留學兩年，因為精神狀況變糟而提前返國這事，也常被人提起。他病痛的故事使我對於這位作家有難以言喻的認同感，有些時候，讀他的作品時我會不知不覺地想：「啊，這是有胃病的人寫的。」如此，默默地咀嚼文字之間隱隱的，灼熱的疼痛，也就慢慢能感覺他筆下的人物共有的壓抑和鬱悶，那些人總是猶豫不決，瞻前顧後，彷彿有一肚子拘謹的難題，一肚子滾熱的苦楚。這些，幾乎是有胃病的人共有的個性和身體經驗。

在我看來，一個容易精神緊張的人出國唸書，厭惡西方食物而飲食不正常，導致胃疾發作，幾乎是必然的結果。既然生了胃病，則精神耗弱是遲早的事，胃病的困擾在於它持續而乖戾的痛感，吃了東西會灼痛，不吃的時候又莫名地餓，即使剛剛吃過，有時候依舊感到飢餓。總之，因為胃生了病，因此它大抵上都傳送錯誤的訊息，病人整日不得安歇，時飽時飢，無所適從。

張愛玲似乎也曾患胃病，她說，她整個夏天肚子痛，躺在草蓆子上哼哼唧唧的，睡不好，打滾，因而讀了詩。想像中，顰眉微蹙瘦削如張愛玲，蒼白略顯青色血管的手支在草色的蓆子上，捧心讀詩，真是美得不得了。

胃病患者讀詩甚是恰當，因為起伏跌宕過劇的武俠小說恐怕令人過度激動，叫人懸心的偵探故事也不太適合，綿密的奇幻小說如魔戒也可能失之勞心，清淺的散文勉強可行，而讀一句就得閉上眼睛細想的詩，則是天造地設的病榻讀本。

有一陣子我休學在家養胃病，體力很差，所以時常無所事事躺著看書。那陣子沒辦法讀艱深的理論書，讀幾頁就眼花撩亂無以為繼，只好讀小說打發時間。我記得半夜裡讀白先勇的《孽子》，哭了又哭，胃酸不斷湧出來。不知幸或不幸，這本書裡人物的飲食口味與我非常相似，我看見烤花枝、鹽酥蝦、酸菜肚絲、荔枝、糯米飯團、芹菜炒牛肉這些難消化的字眼，沒有一樣在胃病患者的食療單上，分外感到淒涼。我想白先勇大概是脾胃狀況很好的人。那天夜裡坐在床上看《孽子》，一邊看，一邊哭，一邊餓，十足體會書中人物的飢寒交迫。

胃病療方無他，必須長時間嚴格控制飲食和情緒，所以那陣子我讀任何書都特別注意書中主角的飲食，藉以偷窺作者的習癖。

我原以為魯迅那樣憂國憂民的人，必定有胃疾，結果卻發現魯迅口味雖重卻吃得不太油膩，大概是江浙人之故，書裡出現的都是醃菜、蘿蔔、茭白筍、菱角、辣豆子之屬，偶爾有魚乾和豆腐乳。這些都是小碟小碟的南方小菜，涼的，沒看見太多熱炒的大魚大肉，可能跟書寫的勞工階層的生活有關。他憎貓，年幼時曾飼養兔子和小鼠，飲食習癖上也有點兒像這些小動物。

患肺病死去的魯迅臨終前是否像林黛玉那樣，喝梨子汁呢？

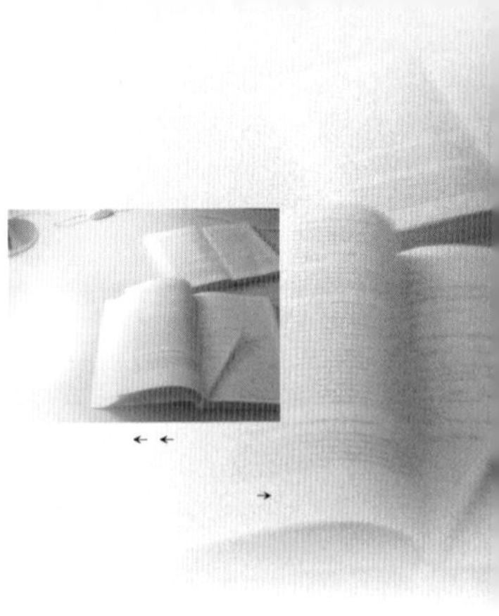

寫作習癖

每個人寫作的習癖不同，有人才高八斗，什麼狀態之下都能寫，七步成詩，馬上成章，令人羨慕。鴛鴦蝴蝶派的張恨水據說還能一邊打麻將，一邊寫連載，其專心迅速又是一絕。

然而也有另一種寫作的類型，就像閉關禪修那樣隔絕自己，有些人窩在家裡幾個星期不與外界聯絡，甚至有人抱著手提電腦搬到飯店去住，徹底消失一陣子，退房時已經完成一本長篇小說或劇本。這樣的寫作者，毅力與決心同樣高人一等。

我是個容易分心的人，因此寫東西非得獨處不可。別說打麻將了（其實我根本不會），連一邊吃東西我都沒辦法寫；被電話、門鈴或家人打斷也會令我懊惱。心情亂的時候，聽音樂也不行，只覺得五音亂耳，七魂六魄快被音樂攝走了。

如此一來，一天之中能夠坐下來寫東西的時間，只有半夜了。我還得用尤加利味道的香皂洗澡，穿上黑色棉質的寬大T恤，並且戴上髮箍和眼鏡，有若異教女尼的怪誕修行。

然而這些還不夠惱人，我還認電腦螢幕，就像許多人睡覺認床一樣。我只能在家裡電腦的螢幕上工作，無法在其他的螢幕上進行任何寫作，螢幕比較小的手提電腦也不行。因此，出門遠遊時，我不能像廣告那樣坐在露天咖啡座，悠閒地以手提電腦寫遊記，我恐怕連電子郵件都沒辦法寫好。萬一遇上網咖裡陌生電腦的功能設定，即使只是多了幾個功能鍵或少了幾個，整個介面看起來就是不對勁，我會感到齟齬受挫，一句話也寫不出來。有時候執著過頭，還會嘗試更改那些設定，把時間和體力都耗盡了。

此外，我還堅持字型和格式必須是習慣的那一種，一旦用了別的字型，就好像戴上別人的眼鏡，怎麼看都不是自己的風景。

自古文人對於寫作工具的習癖本來就多，講究文房四寶自然不在話下，有些詩人沒有鋼筆就無法寫詩，這樣的執苦其實也不難明白。我還聽說海明威必定使用某一種品牌的鉛筆，寫在某一種格式的筆記本子上，如果鉛筆和紙的狀況都良好，寫字時發出的沙沙聲會使他分外平靜。我曾被這個故事迷惑，拿了鉛筆和習作簿嘗試。果然，不愧是一代文豪的習癖，鉛筆沙沙聲實在太吸引人了，我發現自己完全任憑聽覺主導，只在紙上胡亂寫些句子，最後竟然為了沙沙聲而畫起圓圈來了。

寫作習癖像個鐵捲門，平常沒事，那些奇奇怪怪的盔甲就一片一片收捲起來，自我與外界沒有明顯的隔閡，一切行止看來都正常極了。一旦開始寫東西，人就忽然變陰沉了，寫作習癖一一出現，像鐵捲門那樣拉了下來，經由這些習癖的操演，分隔自己與世界，變成一個怪人。寫東西那幾天我都會活在鐵捲門的狀態裡，即使日常生活作息依舊，但是有一部分的自己已經躲了進去，我彷彿可以聽見另一個自己在鐵捲門之後反覆踱步的聲音。

然後，一旦交了稿，我立刻又回復什麼也無所謂的狀態，簡直像電影裡常見的分裂人格。

寫作是具有排他性質的活動，與閱讀類似，只是閱讀的時候，個體會暫時忘記自我，進入一個結構工整的文本中，成為另一個人。寫作的時候，卻是無時無刻不感到自我的危機與飄忽，又要時時刻刻摒棄自己，又要建構自己。在自我「死去活來」的寫作過程裡，習癖提供了一個轉換緩衝的定心途徑。

我想，我是不可能超脫習癖了。

關於書的癖好

對於書，我沒有太多的偏執，但是我身邊有許多人，對於書卻有不同程度的執念。一聊起來，人人都有書的怪癖。

我買書的時候，不喜歡拿最上面那一本，喜歡從那一疊的底層抽出最底下那本，因為我覺得底下那一本還沒透過氣，比上面那本新鮮。如果那本書有書腰，我就將它折起來成為那本書的書籤。如果那本書很厚，我讀的時候就分外小心，避免書脊斷裂。如果那本書有另外的書衣，我就

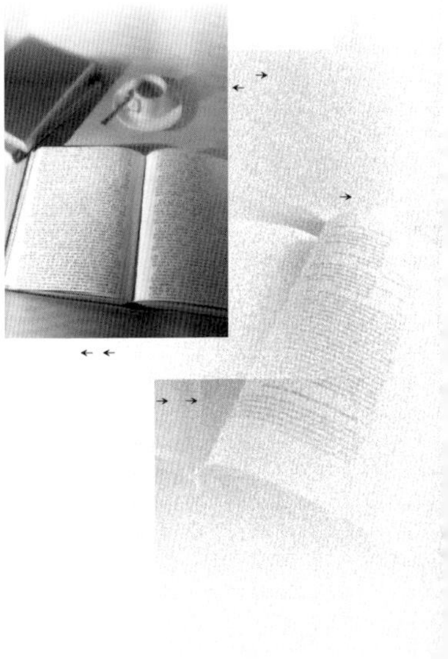

將書衣另外收在一處，免得它遺失或者礙事。

我讀書的時候絕對不拿尺畫線，如果真要畫線，也是拿鉛筆隨手畫下去，使它看來有種「隨意」的感覺。因為我私下覺得，拿尺畫線是大學之前的唸書方式，有一種刻苦壓抑的聯想，我一定要徹底讓自己從那種強迫的方式裡覺醒，所以就漸漸地不再拿尺畫線。當然，這樣隨意畫線其實不會真的比較隨意，苦讀就是苦讀，它只是看起來隨意而已。

我也不怕書弄髒。東西用得久，磨磨蹭蹭，難免有點兒漫漶，有點兒滄桑，我覺得那也算是一種「隨意」的美感。自己的痕跡和失誤留在紙張上，哪一年不小心滴上的茶漬，一圈水杯印子，放得久了就叫做歲月，這裡面有人世的詩性，是杜甫的那種，雖然我覺得，杜甫一定是拿尺畫線的那種人。

我也不怕折書頁上角，有人叫那個三角形「狗耳朵」。我折過之後，整本讀完了還會將「狗耳朵」還原，然後那個地方就有一道痕跡。久了之後，摺痕變得很淺，像腦子裡的一條小皺折，也像書裡的重點一樣，不清楚。

說來有趣，我對於書本身所受的重大撕裂或髒污，遠比書的內容記得更明確。隨便哪本書要是書頁脫落了，或是弄得極髒，十年間我只要翻到那一頁，就立刻想起肇因。這種靠著物體的扭曲和變形而產生的記憶，很像結繩記事的遠古人類。

甚至，有一些買了非常久的書，即使這些年來搬來搬去，換了不少住處，也換了不少書架，我還是記得它剛買回來的時候被我歸到哪個住處哪個書架的哪個位置。只要看見它，我就依稀看見當年那個書架的那個位置，還有在它旁邊的那些書。

好吧，也許我的執念還不少。

有一個朋友，她喜歡的書一定要拿透明書套包起來，使它免於各種摩擦，而且她唸書也盡量使自己不要畫線，至多拿鉛筆輕輕畫一條線，若有若無的，飄飄的，彷彿你記得也好，最好是忘掉。因之她的書比我們的都清白，看不出光陰。

我喜歡書被自己讀過的感覺，每一次翻看，都像回憶，她卻喜歡彷彿沒讀過的感覺，每一次都像新書。

我們不約而同都喜歡從前那種裝幀的方法，紙張是一小絡一小絡釘在一起的，把書攤開來可以看見中間的縫線，給人一種一覽無遺的感覺，像那本書向讀者展露全部的內容，連這小小的細節也不吝惜地揭開來。這種書到了我手上，通常會軟軟的，有變成「易碎品」的危險，還會隨時掉出一張舊發票或者一根頭髮；在她手裡，幾年像幾天，至多是紙張泛黃了而已。有一天，我發現我當年買的《擊壤歌》已經風霜累累，快要還原成一塊「壤」了，朋友的那本還依舊青春著。

書是這樣深具對話性的物質，你不但讀了內容，也在閱讀的同時，以各種曲折的方式，在那紙頁上寫下了自己的故事。

三 移動，時間

08:16

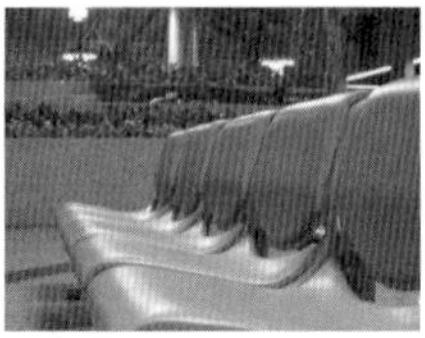

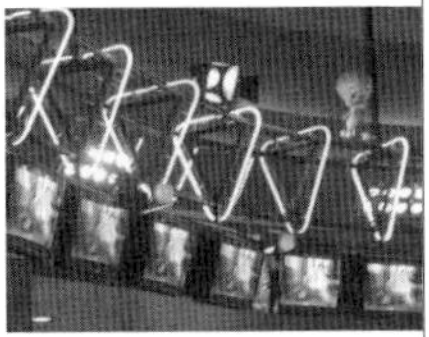

←

23:15

蜿蜒的城市

在台北市搭公車考驗人的耐性和江湖氣魄。

站在路邊左等右等，如大旱之望雲霓，偏偏什麼號碼和顏色的班車都來過了，單單就是自己等的那號車不來。坐在公車上，眼看就要遲到了，急煞人，離九點只剩五分鐘，離目的地只剩三站，一車子人卻堵在某個千鈞一髮的路口動彈不得，窗外的摩托車一輛比一輛精明鑽溜，你這一廂誰也別想下車，沒得商量，很有同舟共濟的患難精神。

當然，公車之中也分幹線、平快或特慢。專走逆向車道的忠孝仁愛信義和平等幹線專車幾乎像專軌電車，它額頭上的黃招牌寫著它的路線，清清楚楚來回單走一條主要道路，絕不會走偏，不會突然轉彎，進入一條你不熟悉的小巷，不會讓你驚慌失措發現自己原來誤上賊船。這種公車老實得很，效率也好，是現代人棋盤狀的思維，像穿格子紋襯衫奉公守法的公務員。

也有另一種比較蜿蜒的公車，它專在城裡走，它不出城，不過橋。台北城河特多，四面八方都有河，要出城非得過橋不可。

這種市內公車多半歷史悠久，是早年傳統公車留下來的路線，從城北到城南，或者從城東到城西，這種公車多半經過台北車站。台北車站方圓幾個街口全是這種公車站牌，即使看不見台北車站，那站名還是叫「台北車站」。

外地人經常被這些名不副實的站牌弄得一頭霧水，叫某某大樓的站未必真的有某某大樓，叫某某公園的站也不見那滄海桑田的公園。這種公車比直腸子的幹線公車多一份心腸，多點詭計。單單只看它的起站和終站，實在看不出它中間有哪些風景。大概是路線老，因此它也就多了精采記憶，只有多年的老乘客，經年累月在同一站下車，才會知道那一站為什麼叫那個名，而其他人只是過客，只知其名不識其地。

老公車專走老社區彎曲的街，九彎十八拐地走，轉來轉去都已經百轉千回，還是撲朔迷離同一條街名。不是熟門熟路的人坐在車裡，只看見夾路的公寓老房子，轉幾個彎就迷了方向，只好隨公車看柳暗花明。

更有看頭的是出城的公車，到永和板橋、蘆洲樹林、泰山淡水，綠意盎然的地名；也有匪夷所思的什麼坑什麼寮、什麼埔什麼峒，充滿鄉村草根的氣息，田埂菜園的稻米香。也有高雅的城郊社區公車，叫什麼小城什麼山莊什麼清境，鳥語花香的。

這些出城進城的公車頂著大自然清風一般的地名，在塵囂的市中心挨挨擠擠，朝九晚五必定在某一座橋的一端塞車。然而除了顛峰時刻它們滿載心急如焚的學生和上班族之外，其餘的時候它們總是呼嘯著，一車冷氣空蕩蕩，自由來去，很瀟灑絕塵。

一般說來，台北市公車司機的行車規矩嚴，不輕易和乘客聊天，也不聽廣播講無線電，只悶頭開車。但是市外公車的司機先生就不那麼緊張，雖然一樣照規矩穿制服，他們卻一點也不像辦事員，脖子上披條毛巾就是個十足的硬漢，天不怕地不怕。不拘新舊乘客，願意搭話的他們都能聊起來；等紅燈時他們會把自動門打開，拉大嗓門對著並排的另一輛公車司機打招呼，光明正大喊得整車人都知道他們兩位今天的班表，跑了幾趟，等會兒回總站他們打算吃點滷花生豆乾等等。哪個乘客零錢沒給足，他們也會吆喝訓人。過了橋出了台北市，如果有哪位熟識的老太太想在沒站牌的街口下車，他們通常也同意，匆匆開了車門，彷彿四下沒人似的。

這城蜿蜒的心腸全寫在公車上了，車上的乘客只好謹慎地搖搖晃晃。在公車上，特別感到台北是個心思稠密想法婉轉的城。

大道之行也

我經常搭的幾路公車走的都是彎彎曲曲的老路線，有些街道逼仄得叫人疑惑它作為馬路的資格。兩邊商家的騎樓和馬路之間，緩衝的紅磚道窄得只容一個人，已經夠窄了，還間或安插幾隻站牌，幾個綠色的變電箱。行人只好閃閃躲躲，走不了幾步順暢路。

這種總是中斷和繞道的感覺，也的確體現了都市情懷，在小地方挪擠出一點人的變巧，測試人的叢林本能。

台北的馬路為了疏通亞熱帶大量的雨水，中間略高於兩邊。老社區裡，一輛公車斜著走，佔掉大半路面，轉彎的時候，嘩嘩然彷彿要衝進旁邊的店家了，可是總能夠懸崖勒馬，方向盤迅速打到死緊，一輛龐然公車竟也兜轉得過來。鼻子底下幾輛摩托車亂竄，它也遊刃有餘，搖頭擺尾絲毫沒有龍游淺水的困窘。

經過老社區的公車多半把好幾個市場串聯起來，早晨離了上班的顛峰時段，公車就成了買菜專車。曾有幾次，我發現整車乘客恰恰符合了「老幼婦孺」這四個字，有的太太手上幾把青菜一條生魚，還牽個小孩，兩手握的幾乎是她生命的全部。逃學的中學生，從起站坐到終站，若有所思凝視窗外，那姿勢是斟酌過的，有青春的惆悵和期盼，斜側面優雅蹙眉為他即將開始的人生受苦。也有叫人想不透上哪兒去的老先生，也許上醫院或老人會去，顫巍巍拄著枴杖上來，險險地落座，但又彷彿坐得不安心，椅子留了一半，整個人微微面向走道，斜傾四十五度，也不往前看，而是僵著身子巡視前半車的乘客，頭髮梳得整齊，白色尼龍布襯衫有點泛黃，左上方的口袋還插根金筆，淺灰西裝褲腳總是短一截，露出一截小腿和往下滑的深藍色尼龍襪。

都是規規矩矩的人，認份極了，他們是都市裡比較不匆忙，比較不驕慣的人們。也許過分老實了，有些時候還略帶點兒土氣，正好掀出了台北人的底：台北人多半是這幾十年來移入的鄉下人，許多人都還有個南部老家，有田有地的，有土氣也不為過。

固定路線、固定班次和停靠點的公車雖是具有現代社會概念的運輸工具，但畢竟年代久了，現在怎樣看它，都只是在地上緩緩爬行，比不上騰空遁地的捷運俐落。

公車是公共的汽車，人人擠得，人人坐得，貧賤不分，大道之行也，天下為公。

照理說，在公共的空間裡，就應該有公私的分界，公共空間裡只進行馴化的理性行為，過度私密旁若無人的個人行為都不該在此出現。可是，略有神經質潔癖的空間理性很顯然不是公車規範，挖鼻孔的怪叔叔還是當眾挖了，還隨手黏在前坐椅子上。搞破壞的中學生前仆後繼拿立可白塗鴉，還背著自我創作的書包上頭畫了破碎的心和一個「恨」字。自戀的女大學生不由自主對著窗子上自己的倒影發愁。母親大聲斥責小孩，中年太太相互抱怨先生兒子。有穿著功夫裝練氣功的婦女，樂透彩槓龜的退休公務員，安靜的印尼和菲律賓女孩。雨天的時候整車人都狼狽，非常平等，一車子人又疏離又親密。

公共汽車的空間漫著俗常的辛辣和油膩味，不怎麼理智不怎麼清靈，卻很熱鬧。這真是另類的現代性，是現代社會裡鄉民習性的殘餘。在工業的理性鐵則之中，人的成分於其中滋長，管也管不住，從系統和箝制裡生出蜿蜒崎嶇的日子來，把鐵皮的公車轉化為有溫度有觸感有人味的，生活的場所。

找房子住

介紹台北的旅遊資料或者網頁上，時常可以看見這樣的形容詞：人文薈萃、工商發達、街道交錯、車水馬龍、高樓櫛比鱗次等等。

對外地人而言，這些也許正是客觀的第一印象，這是一座宣稱希望的城市，四處可見榮華富貴的人。然而，一旦真正進入台北的內部而活，在街道、車馬、高樓之間穿梭，日出而作日落而息（或者相反），則這些繁榮的盛景會逐漸從眼前消退，城市生活的經歷將會與旅遊手冊或網頁上的介紹相去甚遠。

一個外地人如果到了台北，欲立足其中謀生，那麼他將不再從旅遊的角度欣賞光鮮亮麗的台北，也不再從地圖上尋找優美的景點或者文化參觀路線，他將有另一種需求，有另一種難題。他必須靠他自己的手，撥開這座城華美的簾幕，親自觸摸那簾子後面粗礪而潮濕的真實，他必須學會忍耐，與那些生產系統裡污濁的事物共存。這個城市原先最吸引人的高樓、交通與繁華，就成了外地人最難以克服的問題，因為他第一必須：找房子住。

對外地人而言，高樓住不起，交通系統太複雜，繁華之地甚為喧囂，找房子住因此非常困難。

通常一個平凡的南部年輕人北上，有幾種處境選擇：寄人籬下、住學校或公司宿舍、租房子。寄人籬下或者住宿舍的生活雖然客觀條件較佳，但是非常不自由；自己租房子住相對而言自由多了，只是這種自由的代價就是必須忍受狀況不好的屋子，不方便的交通，鄙視外地人的鄰居，苛刻挑剔的房東，左支右絀的經濟能力，破爛的家具等等。

通常有便宜房子出租的社區都不是高樓林立的進步社區，而是陰暗而且老舊漏水的公寓房子。

抱著台北夢來打天下的年輕人往往無法一口氣就進駐高級住宅區，他必須在這種偏僻的小巷弄裡滾過一回，嚐過在台北的冬雨中等公車、在夏陽下騎摩托車的滋味。出租公寓往往油漆斑駁，浴室廁所不通，一股子霉氣，蟑螂亂爬，秋蚊成群。而且，不知道為什麼，所有的房東都覺得房客的生活起居不正常，都看房客不順眼。他們不明白，一個出門在外居無定所的異鄉人根本無法安居樂業三餐定時。

我在台北租過各種奇怪的房子，「水」是共同的詛咒。

有一種市郊的房子，一到春天吹東南風的季節，磨石子地上就會大量冒出水來，棉被褥子吸飽水分，變得很冰涼，放在地上的電器用品因濕氣而短路，書籍則濕搭搭皺成軟綿綿一團。

還有另一種山腰上的房子，充滿了瘴癘之氣，連桌子都長出霉和菇菌來，食物放在室溫下只需一天就壞了。連牆壁都滲水，長了青苔，整個屋子只有冰箱能冷靜克服大自然的力量，其餘的空間則完全無法阻擋螞蟻蟲蛇自由進出，像個狐精修煉的地洞，非常魔幻寫實。

台北市中心也有糟糕的漏水老房子，造成難題的不是大自然，而是人為的疏失。有些屋子整面牆長滿壁癌，油漆發霉，產生了奇異的化學作用，逐漸化成泡泡和粉屑脫落在床上桌上；或者馬桶似乎沒有安裝排水管似的，天天堵塞。

不過這些都還算耐得過去的小事，最糟的一次是，樓上住戶的排水系統壞了也不修，房東也不管，髒水經年沿著牆面滲透，日復一日侵蝕，終於有一天，水從整個天花板的四面八方淅淅瀝瀝落下，如同下雨。無處可躲，只好躲到陽台。所有的家具都遭了殃，電視電腦衣物寢具全部泡湯，彷彿露營遇山中大雨。

台北實在太潮濕了，在台北的老公寓住過的人，大概都會發出這樣的喟嘆，台北是一襲華美的袍子，濕的，上面長滿了霉。

高速公路之淚

經常開車南下北上的朋友告訴我，在高速公路上最怕幾件事：打瞌睡、砂石車、大巴士、濃霧和燒稻梗的煙。

我雖然不懂行車之道，可是非常明白打瞌睡的痛苦。此外，害怕砂石車和大巴士也是可以理解，那種車大得嚇人，頂天立地像怪獸酷斯拉，轟隆轟隆一路狂奔，誰也不放在眼裡，被牠尾巴掃到，那就倒大楣了。

有一次我坐大巴士從台中北上，那是星期天晚上接近半夜，我忙了一整天，頭暈眼花，一上車就累得睡著了。中途我被一種奇異的感覺驚醒，那狀況非常特別，車裡幾個乘客似乎都從相同的感覺中醒來：這車開得太快了，超乎常理的快，簡直快要翻覆了。

正當我們面面相覷不知該怎辦時，車速又自動慢下來，並且漸漸往路肩停靠。然後，司機先生站在車門口大聲跟我們說：「不好意思，我實在太累了，我下去走走。」我們連忙說，請便請便。大家乖乖坐在車上等他抽煙清醒，誰也沒意見。

這種時刻令人嘆氣，為了司機無法想像的勞苦，也為了我們的慶幸。在半夜的高速公路邊歇腳，兩旁是漆黑的田，一輛大車，幾個累透了的人。水銀燈橘黃的光圈籠罩著我們，彷彿從天而降的慈悲。

動彈不得的濃霧我沒有遇過，充其量只是減緩車速度的薄霧，在往返中正機場的路上。車子一輛一輛頭尾相啣，耐著性子一點一點往前挨靠。其中有那麼點不得已的心情，每個人都想向前衝刺，可是客觀條件不好，於是只好忍著，湊在一起行動，等熬過這一段混沌再說，可是每個人還是眼觀四面，伺機想往前鑽。這感覺非常像人生。

稻梗的煙是經常聽見的公路「空氣污染」。稻作收割之後，農民為清除田地同時恢復地力，放火燒殘餘的稻梗。過了苗栗的丘陵以南，這種燒稻梗的迷煙狀況還是很普遍。通常一期稻作收割後，從早到晚所有的農田不約而同燒起稻梗，而且要燒上好幾天。

六月中旬，車過彰化縣，整個彰化縣境全是這種帶甜味兒的煙。雖然車窗緊閉，它還是會一絲絲滲進來。這個味道幾乎等於春末和秋末的南台灣，南部長大的孩子不論離家多少年，都認得這味道，而且還可以辨認稻梗和甘蔗葉兩種不同甜味的煙。

這種煙原本只是農耕的過程，卻因為高速公路的車流因煙霧阻礙，導致燒稻梗被認為是原始而且沒效率的活動，是不進步不現代的象徵。在公路上行駛時，路況廣播經常警告駕駛人哪些路段有濃煙危險。令人納悶的是，經過工業區的時候，煙囪高聳，空氣糟糕的狀況令人憂心，卻不見哪個人高聲疾呼污染，彷彿這種象徵進步發展的煙霧就應該全民忍受。一樣是煙，卻帶著不同的文化意涵，危險程度也因此不同。

這當然是發展之後才會碰見的難題，公路快速的流動系統和工業區日夜不停的生產線聯成一氣，偏偏遇上緩慢的農作過程。一樣空間，兩種思維與速度，正是傳統和現代之爭的具體實例。

我也怕燒稻梗的煙。坦白說，我是個有嚴重原鄉情結的人，聞見這種煙，還來不及反思社會現代化的問題，眼淚就迷濛了，也不知是給煙薰迷的，還是自己多想了。

嘉義雞肉飯

有陣子我常跑台中，因此非常習慣搭廉價的野雞車。這種車內經常播放低成本的電影和某個叫做「哥爸妻夫」（這名字真是匪夷所思）的零食廣告，非常有趣。

台北台中的距離比想像中近得多，但是對於從沒去過的人而言，台中仍然需要一點力氣和直覺。

我第一次去台中時，朋友千交代萬交代，一定要在「朝馬站」下車。

我滿口說好，這種小事絕對不會出錯。

可是當車子終於從標示「台中市」的公路上下來，在交流道轉個彎，停了第一站，我在車上左看右看，沒看見「朝馬」的站牌，只有滿天滿地黃色紅色的「台中自由路太陽餅」招牌，整條路都是。

我有種強烈的感覺，這裡就是朝馬。

可是我還猶豫著沒下車，因為我想這個地方也許叫做「自由路」。

司機放走了一大堆乘客，又繼續往前駛去，進入市中心，我就知道我真是錯過朝馬了。因為台灣的慣例是，市中心絕對不會有另外的地名。

朋友說：「所有的人都知道朝馬就是那一站啊。」

從沒去過的人究竟如何對地方產生正確的感知，很顯然得靠奇特的地方默契，絕對不是招牌。

當然，後來我就明白，所有的太陽餅店都喜歡說他來自自由路。

我在東部長大，自幼習慣了循規蹈矩的火車文化，因此非常依賴地名招牌和時刻表。剛開始在北中南之間奔走時，很難適應西部公路系統的不確定和無常感，而且我還得慢慢學會不要懷疑自己的地方直覺，也不要害怕司機。

沒有車的人若想在台灣全省各地遊走，除了方向感和勇於問路的精神，還得仰賴一種動物般的直覺，一種類似地方感的本能，不須任何告示牌仍然能夠辨識方位，那是在台灣才養得出來的某種感覺結構。

當然，如果搭乘火車，那麼問題不大，火車是相當穩當的交通工具，不誤點，也不隨意停靠。如果是國光號巴士，其實也還好，它每個停泊點都清清楚楚，一排白底藍字的大招牌告訴你，從哪裡來，往何去處。大抵上，國營色彩的交通工具都帶有某種程度的系統性，它的時刻表、路線規劃和站牌告示還算明白可靠。

叫做「野雞車」的那些民營客運則有另外的南部草莽風格，相當隨意，旅客要是沒有足夠的地理知識和無畏犯錯的氣魄，以及一點點地方直覺，很容易就看錯站下錯車。這錯可不得了，高速公路底下，一錯幾十里，東風不回頭。

有一回我南下台南，朋友交代說，一定要在台南市之前的「新營」下車。

我想這應該沒問題，新營是常聽見的地名。

誰知我尚未跨越濁水溪，就累得睡著了。等我隱隱感到不對而驚醒時，往窗外一看，唉呀，天黑了，車子正減緩速度停靠某個交流道下的小據點。

我東張西望辨識地名，看見「嘉義雞肉飯」斗大的招牌，心想，還好只到了嘉義，要是坐過站那就糟了。

我於是繼續坐著，但是總覺得不對，我直覺剛才那個地方似乎就是新營。

果然，車子上了高速公路，以我非常擔憂的速度疾駛，一副要直奔古都和港都的模樣。一塊綠色的公路反光牌從車頭上掠過，唰，「台南市」，下一塊，唰，「高雄」。這真是很痛的領悟，我果真錯過了新營，就因為「嘉義雞肉飯」。

當然，我後來也明白，「嘉義雞肉飯」專喜歡開在野雞車站四周，而且不論那雞肉來自何方，都叫嘉義。

遲到

守時是件不容易的事。

光陰的流逝原是無刻度的，人身上沒有時間，動物或植物身上也沒有。鐘面上的時間則是個虛幻的表意系統，幾點幾分的意義除了往相同的系統裡尋求之外，別無他法。

「重視時間」其實相當現代的概念，早年台灣所有市鎮的火車站前都立了一面大鐘，便利人們對照火車時刻。這是放射狀的時間感，共時性的現代時間跨越了空間，從市鎮的中心點向市民放送。如今想起來，這樣的鐘其實帶著相當程度的科技治理技術，首先，全線的車站時間必須一致；再者，時間必須成為不可抗逆的操作守則。含有這兩種特性的時間是現代社會無形的共時網，將人們網進了一致的現在與未來之中。

從前較熱鬧的道路圓環中央也常見一個扶輪社或獅子會捐贈的鐘塔，扶輪社的是個輪盤，獅子會的一個獅頭，白色的水泥小塔嵌著鐘面，四周環種剪裁規矩的冬青或者變葉木。不過這種鐘無人照顧，常常自走自的時間，與人世無關。

現在開放公共場所已經很少見到有指針的鐘了，常見的就是黑面的數字鐘，小小的黃燈泡閃爍變換字形。有刻度的鐘面已經過時——如今光陰的流逝也沒了刻度，一閃一閃為人標記的，只是一些光點，只是現在，恆存的現在。

照理說，在這樣的分秒必爭的時間秩序之下，守時應該容易多了，我卻反而常常遲到。

從前台北的交通差，時間不值錢，遲到的理由多半是「塞車」。當年這個理由很容易被接受，並且理所當然得不需過多解釋；如今交通狀況改善了，從某一定點到另一定點的時間已經可以確實掌握，時間開始值錢，於是大家出門的時間就抓得更緊湊，不必像從前那樣預估兩倍的時間來浪費。

如此與時間和路況競賽自然是取巧，精打細算之下，遲了一點點的習慣就此養成，每回遲到，不多不少，五至十分鐘左右。這種小遲在英文裡還有個說法，叫做 fashionably late，瀟灑地遲。遲到一點點究竟瀟不瀟灑倒也難說，重點在於出現的時候不可氣急敗壞或是蓬頭垢面，必定要看起來確實將時間掌握在手中，彷彿那晚了的五分鐘只是隨手捻下的小花，不值一提，彷彿時間無法完全約束你的人生。

然而，太過於相信自己對路程遠近的推估，沒有將意外風險算進去，往往造成不可思議的後果。

某次我南下花蓮就遇見了意外，生平第一次經歷火車延誤。小時候從來沒有聽說過火車意外或延誤，從台北到花蓮的自強號火車只需三小時，這是從小生長自東部的小孩都明白的事實。

那天因為北迴鐵路東澳南澳路段在前一晚發生車禍，搶修不及，鐵路局在未充分告知旅客的狀況之下，讓當天所有搭乘各班北迴鐵路的旅客一千人左右，全耽擱在東澳小站等待接駁公車。

搭北迴鐵路的人有幾種，一種是希望觀賞沿路風景的遊客，一種是沒錢搭飛機自己又沒車的，一種是身體狀況不好無法承受飛行的，一種是行李太多的。這些人扶老攜幼扛著行李，狀況混亂猶如逃難。

火車這一遲可不得了，狠狠遲了四小時，從台北到花蓮竟耗費七小時。鐵路局也不道歉，理直氣壯地，退票退了幾百元。看起來，鐵路還活在舊的時間裡，理所當然地遲，時間完全不值錢。

我走出火車站，看見車站外毫不慚愧地標示時間的大鐘，我忽然感到一種鄉野的趣味，台灣的火車、時鐘與現代經驗，大概還是一場不明所以的夢吧。

找東西吃

大抵而言，全球性的大都會到處都有隨時可以坐下來吃東西的餐廳。不一定是速食連鎖店，就是一般的簡餐餐廳也行，重點是，如果餓了，找到一家店坐下來，不論任何時候，都有東西吃。

這當然是驕縱的現代都市人才有的要求，這也是在都市中的眾人起居習癖造成的需求，是都會生活的時間觀。

隨著世界運轉不歇的都市一定分秒必爭，時間的概念必定繞著資本與資訊打轉，以人為主的時間觀通常會逐漸淡化，傳統的生活時間架構也慢慢瓦解，飲食起居不再有固定的模式。但是台北的生活卻始終堅守這最後的傳統防線，飲食的時間極其規律，下午兩點，晚上九點，兩個最後的點餐時間，晚了就難了。

從香港來玩的朋友們經常說，台灣樣樣好，就是吃東西不方便。意思是，餐廳和小吃攤雖然多，但是一過了習慣的用餐時間，還真是不容易找到廉價又乾淨的餐廳坐著，清清爽爽吃一頓。

我說這當然不能和永不熄滅的東方明珠相比，在台北，店家也是要休息的。

朋友說，但是工作的人不一定休息啊，過了午才有空吃飯的人該怎麼辦呢，或者，加班加過晚上九點的外食人口，都上哪兒去呢？

我想了幾個選擇，除了泡麵，一是超級商店的微波食品，二是攤販，三是裝潢講究的新潮餐廳。

這麼一想，我突然感到台灣社會對起居型態的規範其實仍然很強，而且，時間的觀念依舊留著相當傳統的分類。除了台北的商業精華地段之外，其他地方在兩點之後很難覓食，彷彿過午不食的養生規則仍然為眾人嚴格遵守。常發生的狀況是，過了中午，真的餓急了，又不想吃麥當勞，只好在超級商店買個涼麵、麵包或國民便當解決。或者，過了晚上九點想吃東西的人，有的只好上夜市去隨便吃一點，彷彿像你這樣不愛惜自己的身體超時工作，就別想在這種時候找到安靜清潔的角落進食。真要講究環境，那幾乎就被認定是墮落份子，必須到昂貴而且燈光昏暗的裝潢餐廳去，這道理很簡單，一個計程車司機振振有詞告訴我，有誰會在差不多該睡覺的時候還在外面找東西吃，就是個生活不正常的人。

因此，不按照常規時間吃飯的人，就難以在正常的空間吃飯。

我曾經和同事因為開會耽誤了午餐，下午兩點半走遍一整條街卻發現，咖哩屋、餃子館、麵店、川菜館、台菜館、簡餐咖啡，全部關門休息，只有麥當勞和鍋貼連鎖店開著。

我們堅持找一個沒有小孩喧鬧也沒有油煙味的地方坐，於是一間一間走進去問，一間一間跟我們說抱歉。

夏天午後兩點半，揮汗覓食，「兩點半真有那樣晚嗎？」我餓壞了，無語問蒼天。

最後我們好不容易在素食簡餐落腳，竟然門庭若市，方圓一公里內所有來不及吃午飯的人全在這裡茹素了。

晚上的選擇多些，外食人口不致像中午那樣捱餓，隨便找個專做宵夜的小店坐下，還算容易。這時候就不能想清靜，店裡的某個角落有一台電視機，鎖定某個哭哭啼啼的連續劇，老闆娘一邊切小菜，一邊感嘆劇中人的際遇。偶有鄰居太太坐在門邊的小椅子上串門子，誰家的小孩考上大學，誰家的太太被倒會了，或者兩個人拌嘴，手裡切著菜，嘴巴卻不停，一點一滴說得詳詳細細，也不怕外人聽見笑話。你要是挑食，她也會媽媽似的囉唆你兩句。

這時你會疑惑，你其實是坐在她家裡，是個熟人，暫時坐一會兒，她是在自己家裡招待上門的人，你儘管坐，她照講閒話，照發牢騷。這不像做生意，而是提供家庭的用餐情境了。這種時候，我一點兒也不覺得自己是外食，反倒不好意思，像是唐突到人家家裡叨擾了一頓，借了她的家，感受一點兒溫暖。

午後三點

夏天裡，午飯休息過後，兩點到三點這段時間最是難捱。

三點之前，陽光剛剛過了午，但還是兇猛得很，上午已經被午餐匆匆填埋過去，下午整整五小時的工作才剛開始。

哪兒也去不了，想打個盹兒也不行。

接幾通電話，打一份報告。

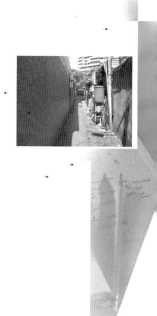

或者，從十一點半就開始沉悶的午餐會報，天長地久，只想把鞋子脫了，趴在桌上。

兩點到三點之間，辦公室裡有奇異的緩慢與安靜，人人面對桌子與電腦，非常不甘願，努力嘗試接續午餐前的工作進度，並且克服從胃裡爬上眼皮的瞌睡蟲。這是一種乍醒的疲累與空白狀態，身子已經動了，但腦子還沒有明白過來。說累也不是，說煩也不是，就是倦，沒精打采的倦。

但是，過了三點，氣氛漸漸有點不同。

下午的第一批快遞人員送文件來了，送第三波限時掛號信的郵差也來了，中午進會議室開會的人釋放出來了，新的決議和方案宣佈了，進行第二輪會議的人員紛紛就座準備，早上沒打通電話的單位回電了，歐洲剛剛醒，歐洲的電子郵件和傳真紛紛進來。

馬路上挖埋管線的道路工開始鑽洞，送貨的小卡車卸貨了，快餐店的女侍們關掉餐館的燈午休，樓下糕餅店預定四點鐘出爐的麵包開始烘焙，再過一會兒，幼稚園的娃娃車就會載著小孩到安親班，小學一二年級的學童也會排路隊回家。

在辦公大樓附近的攤販慢慢聚集，但是還沒開始營業。他們躲在大樓牆邊的影子裡，準備販賣午後小食。火熱的天還是有人要喝午茶配小籠包，因此再怎麼蒸騰，小籠包的阿伯穿著白麻紗薄背心，還是把籠子疊了起來，準備四點鐘開賣。早上賣三明治和粥的阿姨回籠覺睡足了，下午捲土重來賣豆花和粉圓綠豆湯。被同事推派出來買涼水的女孩們一口氣提了七八種冰品，在艷陽下疾行。

巷道裡優雅的咖啡店浮現一些自由而且洒落的人，看早上的報紙，讀書或上網，吃馬德蓮小餅乾，這些人究竟從事何種令人羨慕的職業，實在不得而知。平價的連鎖咖啡店則坐滿休息納涼的業務代表，白襯衫加鬆垮打前摺的黑灰西裝褲，黑皮帶上有金色的皮爾卡登扣環，手上帶著多功能電子表，立體長方形的小牛皮公事包擺在一旁，黑皮鞋上有個小小的金扣，一邊抖著腳抽七星淡煙或白長壽，一邊喝摩卡冰沙，或單獨講手機討論股票期貨，或兩三個商討業務大計。他們看來非常江湖老練，世事通達，談交易的時候真是舌燦蓮花，分析大局的洞見和各種小道消息簡直可以做扣應節目主持人。他們有些流氣，可能是人世與商場的險惡見多了，多少沾上了邪氣，看起來差一點就要不務正業了，但是在四十歲之前自己創業做小老闆的夢想將他們挽留在目前業務經理的頭銜上，因此也就有些亦正亦邪的模樣。

出入郵局和銀行的人多了，都是來處理今天五點前必須完成的匯款和包裹，小額面鈔的進出，小本營生的熱絡。

在某些公寓裡，婆婆和媽媽們午睡方醒，她們起身洗米做飯，準備出門接小孩。逢著初一十五，舊式商家會開始準備香燭生果，時辰一到就祭拜天公。

偶爾救火車搖著鈴，懶洋洋地出巡。

有時救護車嗚嗚哭喊從高樓底下行過，奔赴遠在天邊的生死。

過了三點，白晝就忽地收聲斂氣，往黃昏裡墮去。

一天的勞動緊鑼密鼓準備收尾，陽光一點一點緩和，樓影斜斜地橫跨過街路，疊上對面的樓。

三點忙亂混過去，五點下班馬上就到了。

好週末

好週末是一則小品文，它的精妙必須一氣呵成，不能刻意。它得有點隨性，也有點道理。兩天不長不短，不能玩得過猛，過了就是損耗，特別傷神，那就違背了休假的概念；也不能不玩，只是要玩得有起有落，又可以隨時抽身回神，這就不容易了。

因此，這裡頭有一種圓融的豁達與閒散。出去玩全憑一股興致，如果太過刻意，彷彿與無名的敵手爭奪自由，汲汲營營壞了興致，比工作還累，倒不如不玩。

「乘興」在傳統文人的行樂哲學裡，一直是重要的玩耍條件。有人想到家鄉春天的魚，立刻辭官歸故里；有人想到朋友，立刻行舟拜訪；有人家裡的蘭花開了，就呼朋引伴賞花作詩，久病也好了；有人在亭子裡遇著陌生人，相對喝酒，喝完就走，沒有多餘廢話；有人因月色太好睡不著，划船到小湖心，在月光蟲鳴裡睡著了。

有興致，做什麼都清雅；沒有興致，哪裡還叫玩呢，分明是拼命。

四體不勤的人通常懶得出門，兩天窩在家裡玩電腦、玩音響、玩DVD、玩音樂、玩廚藝、玩花草，玩貓狗魚鳥小孩，這些稱得上是玩；打麻將打牌或打電動則未必，這些活動拘繫勝負，勞神勞心，不是人人玩得。讀書則存乎一心，沉重的就是功名前途，不算玩，隨性的閒書如詩歌漫畫小說，自然也算是玩。

如果能在產茶季節的某一個週末，上山隨意亂走，單單只為買茶試茶，不懂也沒關係，那麼這一趟出遊絕對舒爽。好茶不易得，自古茶價道理相同，離了產地，經過舟車，就貴似黃金。

產茶的山間日照溫和，晨昏多雲霧，空氣濕潤，有陽光的時候則清朗無際。茶樹高不及腰，茶園多緩坡平台，因此視野寬闊。通常茶園三面有更高的山群屏障，茶客不必登高望遠，只在茶園裡閑步、靜坐聽山鳥，意境已經醍醐人心。

隨意坐在茶舍外的板凳或石椅上，聽茶農說今年的雨水，聊鄉野故事，嗑茶瓜子，試茶梅茶糕。聊得有興致了，他還會興沖沖從裏間捧出一罐珍藏的比賽茶葉，說是特特留下來自己喝，不賣的。另外又端出養得烏亮的紫砂壺，換一套玉青色器皿，換一壺新鮮泉水，像明朝人那樣審慎考究，卻有江湖的豪氣，說：「來，這個你給他喝看看。」

待一一喝過，他發現所見略同，就更樂了，如果還能攀上一點舊識的關係，那麼，他自家釀的梅酒啦，自家醃的小菜啦，熏茶鵝啦，茶葉滷的海帶豆干啦，生筍啦，都端出來了，連小孩都喚了出來跟客人打招呼。

稍晚，驅車下山，迫不及待試新茶，零食點心一一拆封。與好友清談徹夜，看電影，看書，聽音樂，諸事皆宜。可以看溝口健二的《雨夜物語》那樣清幽的鬼片，還有胡金銓幾個作品，古意盎然的《山中傳奇》，慢慢兒把時間晃過去，從前那種一點都不恐怖的古裝鬼片很有韻緻，調子慢，配樂好，味道清淡卻又令人懸念，像帶著「軟青」味的茶，一壺白毫烏龍，或是一杯包種。看好萊塢的片子讓人想吃爆米花和汽水，可是這種老片子會讓你想來幾碟滷味，幾片酥餅，一壺好茶，這樣熬夜一點兒也不累。

第二天睡足了，午後起床，吃兩片茶鵝配粥，前一夜的茶渣澆花，清洗茶具，淡淡地再喝一回，就沒事了。

此時週末還剩一整個晚上，美好從容，恰似茶的回甘。

過年二三事

會為了過年而憂心，表示你長大了。友人這樣告訴我。

我想，那麼我大概一點兒都沒長大。從前過年愛玩，吃吃喝喝，玩牌，出門亂逛。有了工作之後，過年就是睡，大睡特睡，不能自己，彷彿永遠睡不夠似的。

放完年假開工之後，大家見面拜年總會問，過年做了什麼，去哪兒玩了。有人連打了幾天麻將，有人連看幾天DVD，有人連吃幾天，有人連泡幾天溫泉，有人出國揮霍，有人連睡幾天。

總之，就是人人不事生產，糜爛到了極致，平日老覺得不夠的事，過年一次撈回來。

有些朋友愛打牌，一遇著年假，立刻開幾桌麻將，日以繼夜連打三天，那種毅力遠遠超過平日上班熬夜趕報表的能耐。我完全不能明白熬夜打牌的道理，輸贏還在其次，有時間休息卻不休息，反而比平日更拼命動腦子，我覺得太不划算了。

但是，像我每回過年必定蒙頭睡覺也不是多麼光彩的事，逢人問起，我總是支支吾吾說，沒做什麼。總不能說出「我每天睡到下午一點，起床就吃，晚上又睡，爸媽也拿我沒辦法」這種話來。

後來，我為時勢所趨，於過年假期間到天后宮走一趟。

這幾年大概是因為經濟不好，求神拜佛的人似乎越來越多了。大概是因為時運好壞已經不掌握在個人的手裡，因此大家就只好問問鬼神的意見。單單只是過個年，我就從各種管道聽見不少吉利招財小妙方，有些方法和器皿簡直令人咋舌，包括在某個方位放辣椒、斗笠、掃帚畚箕、一缸水、古錢、幾元硬幣幾個、各色水晶、開運竹、老鼠形事物、鏡子或財神像等等，甚至報紙上還公佈哪一天最好穿哪一種顏色的衣物，忌諱哪些顏色和器物。

如果照單全來，恐怕一屋子琳瑯滿目的無用器物，全都有神聖的象徵意義，暗中支配了屋主的行動與命運。

爺爺奶奶從前對民俗偏方的堅持也沒有如今的媒體這樣熱衷，在這個眾口鑠金的拜物社會裡，即使是平淡無奇的一張紙，也會因為眾人的口沫而變得分外有力量。

從過年前開始，眾朋友就力勸我務必在過年期間上廟裡去安太歲，萬萬不可輕忽，免得一年裡多災多難。我是個從來沒有拿過香的人，在眾人敦促之下，首次為了安太歲而進廟求平安。

那廟裡有成千上萬的善男信女拿著香膜拜，他們臉上那種誠心與專注平日在塵世裡非常少見，只有到了廟裡，在神的腳下，人們才顯現了少有的謙卑。

在廟裡求平安的規矩其實有點複雜，更何況台北成都路的天后宮一共有四面八方上上下下大大小小十個神位，有人有神也有動物。

我第一次進廟就見識到這種「買一送十」的大陣仗，心裡非常驚慌，加上它的信徒眾多，香煙鼎盛，我被香煙薰得頭昏，又被某個信徒的香給燙著，整個過程異常混亂。儘管有朋友在一旁指點，而且好心的進香客也不時給予建議，我依舊弄錯了許多規矩，要不是忘記放金紙，就是忘記插香，拜錯方向，弄錯順序等等。

這種百年老廟給人深沉的感覺，媽祖從高處俯瞰眾生，這是她直轄的地盤，我越錯就越不安，彷彿任何一種無心的錯誤都足以造成千古恨事。最後，我連買光明燈的資料都寫錯，原來連這種資料填寫都有不可違逆的順序和規矩。

我不斷受到指正與責備，我想我在廟裡犯下的種種小失誤足以使一切的祈禱失效，如果神祇為了無謂的細節而加倍懲罰我，我倒不如從來沒有拜過。我終於無法承受這種荒謬的細節決定論，在瞬間失去了誠心，草草付錢離開。

慫恿我去安太歲的朋友說，果然我太歲犯得厲害，連安都安不好。

我終於明白魯迅為什麼那樣厭惡傳統宗教，我則是非常後悔，我真應該在家裡大睡的。

文明的剩餘

台北實行「垃圾不落地」制度已經多年，初始還有人嫌不方便，現在也都習慣了。人人都知道自己那條街的垃圾車幾點幾分出現，整條街的人定點定時提著垃圾出門，黃色垃圾車閃著紅燈，在路口等待二十分鐘。這二十分鐘內，人們群聚路口，安安份份處理文明世界最頭痛的廢棄物問題。該扔的，裝在課印花稅的淺藍塑膠袋裡，該回收的，自有回收的日子，紙類有紙類回收日，瓶罐有瓶罐回收日。一切照規矩來，不多廢話。

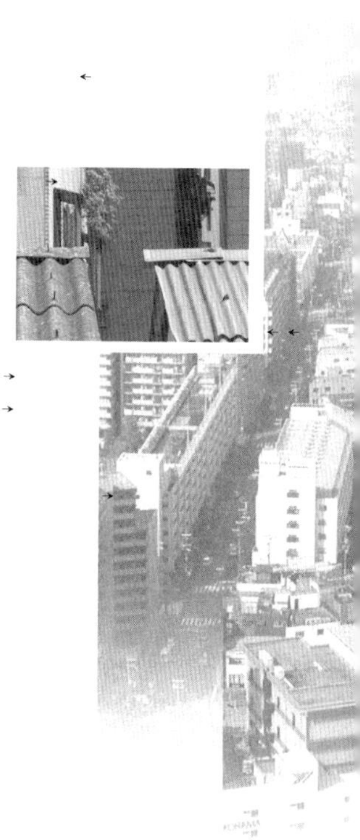

二十分鐘後，垃圾車一分鐘也不多留，清潔隊員非常有默契，一手拉住車後的把手，一腳站在踏板上，收起圓錐形的橘色路障，立即轟轟往下一站駛去。

我曾經手忙腳亂提著兩袋垃圾出門，晚了，眼睜睜看著大黃車離去，追也不是，不追，難道提著垃圾回家嗎，心一橫，只好咬牙跟上。

立於車尾的隊員看見我，笑嘻嘻地，跟開車那位打個暗號，讓車速慢下來等我。說車慢，其實還是挺快的，隊員笑著，做手勢要我快一點。

我就這樣跟在後面小跑一段路，一副要追到天涯海角的模樣，彷彿演出一場浪漫愛情電影的訣別戲，追著生離死別的大卡車，嘴裡喊「等一下，等等我啊……」，背景音樂是少女的祈禱，九點半在台北夜晚的街頭。

追上了，扔進車裡，隊員還笑：「你跑得很快嘛。下次早一點。」這時總會有人騎著摩托車，從後面追上，扔進一包垃圾，也不知他追過幾條街來扔這一包東西。

有些時候，家裡大掃除，清出比平常多的廢物，只好來回分好幾趟扔。清潔隊員這時也會訓話一番，「平常就要整理，不要囤積垃圾」等等，像個里長伯伯。

這些隊員相當有尊嚴，據說得經過重重考試才錄取，也算是薪資不錯的公務員。他們執行垃圾分類檢查時非常嚴格，要是弄錯分類，他一定唸你兩句。逢著過年過節，他們仍然加班清運，居民也會道謝不迭。附近餐廳裡負責天天倒垃圾的人，大概和他們已經形成產業關係，還會和他們談些外人不懂的話題。

垃圾是台北生活中的一件大事，每天時間一到，手邊事物都喊停，必定將文明的剩餘都清除了，日子才能繼續過下去。要是沒有了規律的垃圾車時間表，台北就突然像颱風過境的第二天，秩序都毀了，「隨人顧性命」，人們什麼也不管地將廢物傾倒在馬路上，彷彿是大夥兒忽然遺忘了榮辱與廉恥，隨著一股怨念衝上心頭，崩潰了，累累陳曝街頭。

有一次我回東部家裡過年，母親囑咐我，聽見垃圾車音樂時記得倒院子裡的垃圾。於是我坐立難安了十幾分鐘，生怕不小心錯過，一聽見遠遠的音樂聲，立刻迫不及待提了塑膠袋就出門。

老家外面是一條極長的老巷子，我看見垃圾車在巷子遠遠的另一頭，我等不及了，就提著東西走過去。

隊員們相當詫異看著我，說：「你只要在門口等就行了。」

原來他們還是挨家挨戶收垃圾的。我當下受寵若驚，完全無法相信，這套我自幼熟悉的規則依舊運作無礙，這社區型態的緊密顯現在廢物的處理之上，這裡的人決不致有文明崩潰的危機。

文明的維繫與否也許就決定在這些最不堪，最噁心，最骯髒，最不可說不可看的事物及其處理方式之上了。它的運作要是淤塞了，理智的防線隨時可能瓦解。日復一日，都市人面臨這個淤塞的危險，又無聲無息化解了它。

垃圾郵件

垃圾郵件指的是大量寄發的廣告信函，不論是在現實生活裡或者是電腦裡。

現實生活裡的垃圾郵件大概是都市中每戶人家信箱的必然填充物，它們每天神不知鬼不覺地出現，混雜在重要信件和帳單之中擾亂視聽，甚至喧賓奪主，擠爆信箱。一打開信箱的剎那，它們就彷彿賭場的遊戲機吐出硬幣那樣，嘩啦嘩啦滑出來灑了滿地，給人無可奈何的驚訝。大部分的公寓會在大門邊擺個小垃圾桶，多數的廣告信函都是直接從信箱扔進那個小桶子，變成垃圾。

因此，過濾垃圾郵件成為每個都市人每天必做的功課。把大量的訊息、宣傳、吹噓、懇求、欺騙從生活中看也不看就扔掉。這些郵件依舊鍥而不捨如雪片般飛來，像外面花花世界的試探，就等你的人生中有哪個弱點終於抵擋不住而潰堤。

有些時候它們和派報系統結合，算是夾報，是有組織有歷史的傳散方式。這種傳單以大企業廣告為主，最常見的是房屋建設、房屋租售集團、靈骨塔集團、連鎖量販店和連鎖超市的廣告單，套色印刷的品質和紙張質感都極好，扔進垃圾桶時，令人不禁遺憾這個生產系統極大的浪費與荒誕。有些時候我會留下一兩張量販店和超市的特價品價目表作為參考，希望自己也可以學著精打細算，可是常常還沒找到時間去，這個期許轉眼就過期了。

除了夾報之外，應該還有至少兩種系統也從事這種郵件的散發。有一種是現在稱做「郵便」的民營遞送服務，這種郵便系統有時送來百貨公司的傳單、洗髮精試用包或女性衛生試用品，有時是印了廣告的面紙，這應該是和市場調查公司合作的結果。我常常看見背著大帆布書包的派送員，挨家挨戶塞送廣告單，那身手一點也不馬虎，俐落極了。

另一種最有趣，是很家常，很瑣碎的，我始終搞不清其運作狀態的小傳單小名片。這些傳單或名片十分簡陋，看來像是自己設計打字，然後隨便在哪個影印店用彩色紙印出來。有披薩外賣、乾洗店冬衣三折、涮涮鍋降價、安親班英語教學、您想減肥嗎、你缺錢嗎低利貸、我想買你的房子、法拍屋特報、搬家公司全省服務、抓漏保證馬桶包通、徵信社專抓外遇、專修各牌電器等等。拍著胸脯保證，人生的問題都可以迎刃而解，天下無難事。

這種傳單和名片實在不知道是什麼時候塞進來的，有一次我發現有個工讀生模樣的男孩在晚上塞傳單。這招很聰明，既避開了日頭，交通也順暢，也不至被住戶抱怨。

這種傳單的量不多，但是每天一定會出現。它要求也不多，只要你留下它來參考。這非常像這些廣告嘗試解決的人生問題：問題現在不一定發生，但誰也不知道哪天會遭遇這些。我會留下的通常是水電工和電器修理的名片，這當然反映了我日常最擔憂最難處理的部分，正如同有小孩的家庭會留披薩廣告、有潔癖的朋友會非常注意乾洗店的傳單一樣。

從這些五顏六色的垃圾郵件中也可以看出社會的好壞狀況。景氣剛開始壞的時候，「我想買你的房子」這種完全不假修辭的小張仲介傳單開始出現，而某某建設那種印刷精美的預售屋廣告就大幅減少，然後連什麼免利息借貸汽車抵押等傳單也增加了，顯見破產賣房賣地的人越來越多。再過陣子，房屋裝潢和土木水電的生意在一波房屋轉手之後，也開始活絡了。全民英檢制度正式實行之後，莫名其妙的英語補習班和雙語安親班廣告跟著突然暴增。靠近選舉時，各種政見說明和含淚告急書真是丟也丟不完，而候選人贈送的面紙和農民曆則不拘黨派，一定留下來物盡其用。

我每天站在信箱前扔這些東西，想像全台北有多少垃圾郵件同時躺在那個小桶子裡，想到這些紙張背後一連串的生產與勞動，那近乎偏執，停不下來的流動和交換，實在忍不住想嘆口氣，唉。

搬家

台北居，大不易。

安居樂業之所以不容易，除了人心浮動之外，也實在是因為這個寸土寸金的島上，一個凡人的立錐之地實在太狹窄了。沒有房子的人就像是漂泊的浮萍，失根的蘭花，即使是在自己的土地上，沒有落腳處，就沒有踏實感，沒有一天舒坦快活。

我從十八歲北上唸書到三十歲為止的這十二年之間，國內國外總共搬了十七個住處。算一算，十二年裡，我平均八個半月就搬一次，簡直像有個輪子長在身上，定不下來。十七次不算稀奇，我相信許多離家求學或打拼超過十年的人，搬遷次數比我多的大有人在。

整個二十幾歲的青春居無定所，這感覺實在太深刻了，以至於我至今還存留蝸牛習癖。小東西盡量放在看得見的地方，因為看不見的東西，大半用不著，乾脆扔了。我也盡量維持抽屜的淨空，我總認為，東西進了抽屜就不太可能重見天日，堆積久了就難收拾。這種思考當然是本末倒置，因之我的桌子總是一團亂，抽屜則閒置。可是臨到搬家就方便極了，只要將目光所及之處收拾好，全部搞定，省得翻箱倒櫃。

這大概就是所謂的淺根心態吧，每隔八個半月就得連根拔起的人，只能像行軍或露營那樣過日子。

二十幾歲的時候，什麼都有，就是沒錢。床可以摺成沙發，桌子可以摺成平面，椅子可以摺疊靠牆，書架全部可以在半小時內拆解回木板，紙箱拆開從來不丟，免得到時候買不著。這樣臨時而且機動的生活，隨時準備拔營離去，又方便又潦草。這種人多半因此練就一種隨地唸書隨地入定的能耐，有個朋友就說他在國外唸書時，曾於暑假寄居貨物倉庫做夜間管理員，紙箱砌起一道高牆，一燈如豆，書照讀不誤。

我念研究所時，大概流年不太好，經常為了不得已的緣故搬家。最令人驚心的一次是博士班資格考前半個月，正是緊鑼密鼓的階段，卻因為租約問題無法解決而被迫搬到一個臨時住所，是美國常見的一種緊鄰高速公路的廉價住宅，空房子，沒有任何家具。

我的東西少，除了兩箱衣物和幾十箱書之外，只有摺疊書桌摺疊椅子和桌燈。所有家當一字排開攤在牆邊，桌子一擺，燈打開，書打開，立地成佛。

這種話現在說來很豪氣，但是那時只覺得辛苦。生活型態無異於螻蟻蝸牛，難免有天地浩瀚之感。博士班資格考形同戰亂，是人生的非常時期，絕不可想太多，一切從簡只為了達成目標。

考完資格考那天，我空著腦袋回到空無長物的住處，發現自己像透了一個老兵，洗過的衣物和毛巾晾在椅子上，皮箱攤開，紙箱堆著，桌上疊滿文件、資料、吃剩的餅乾和礦泉水，地上睡覺的鋪蓋皺成一團，塑膠袋揉成小團堆在廚房。這些東西乍看之下很亂，但是其中自有我才明瞭的秩序。它們是暫時的，但他們組成的熟悉感是我個人獨有。

那一刻，我突然懂得那種萬般不得已，流落天涯的過客心情。苦的總是眼前這片刻，一陣一陣捱過去，一點一點往前挪，往遙遠的未來靠近。這麼搬來搬去，總有一天會定下吧，我對自己這麼說。

就在最完蛋的那幾天，我聽說了張愛玲逝世的消息。據說她晚年也四處搬家，睡摺疊床，就這麼在夢中走了。報上說，她以塑膠袋裝物品，一袋一袋擺著，有點淒涼，很多人不解纖細如張愛玲者竟然如此簡便過日子。

我當時蹲著整理皮箱，心裡頭想，這，一點兒也不難懂啊。

哀歌半首

失去的時候，雙手驟然放空，我們因此知道，原來曾經緊握著。

二〇〇三年這一年間，一整個世代的人在一夜之間長大了。四月裡，人們在煞的疫情中求活，日月山川都埋頭蒙臉，天地失色。一夕間，眾人仰頭，震驚於張國榮飄墮的身影，眼淚留下來，熱了雙頰，濕了口罩。

從此年少歲月的記憶裡，某處有了一個空洞，留不住的人事物都從那裡飄逝。還站在原地的人們，懂得人生便是學著放手，但是也不免納悶，這是不是來得太早了，這支年少的歌已經唱完了嗎？就這樣嗎？

原來還有哀歌半首。

八個月後，這殘破困頓的一年將過之時，梅艷芳也走了。

這一對絕美的好朋友，連走的時候也如此煙花燦爛，一點兒憔悴也不見。一個飄忽，一個篤定，一個如花，一個含笑。縱橫八〇與九〇年代，妖嬈百變金枝玉葉的兩個人，百無禁忌忽男忽女，柔美與豪爽，細緻與堅強，都走得這樣乾脆。難以想像塵世於他們而言，究竟是什麼，或究竟不是什麼。

對於自殺的人，我們以及這個世界都是被他放棄的一切。對於無畏死亡的人，她就是這個世界，就是一切。

張國榮跳下來的時候，我在捷運上。出了捷運站，接到香港朋友告知的電話，我摘下口罩，對著華燈初上的黃昏，對著車水馬龍和滿街的人，我問：「為什麼？」

沒有人知道為什麼。

梅艷芳走的時候，我正看著電視的病危現場轉播，這樣的媒介現實令人悲哀，更何況已經有傳言說她走了。深夜，所有的媒體都在燈火通明的醫院外等候，擾嚷的媒體和鎂光燈使人感到不祥。我心想：「這麼快嗎？」

是的。一切像昨天。

我還記得一九八六年，我在燈下準備考試，一邊聽朋友借我的《蔓珠沙華》，一邊寫作業。我記得我想，怎能有女聲這樣大無畏，這樣叛逆，這樣沉厚而且開闊。我第一次在電視上看見她唱歌，她穿了橘色的褲裝像一把青春的火，後頸的頭髮剪得極短，額前一綹亂髮像她的眼神一般不羈，動作俐落而且狂野，她抖著雙腳唱「壞女孩」，她笑得壞極了，在她之前我沒有看過女人這樣笑這樣唱歌。啊，這樣唱歌的人，一定什麼都不怕，我想。

那一年我們高三，十七歲，正在青春最苦悶的尾巴，缺乏勇氣的我們全愛上了壞女孩梅艷芳。

十七年後，我們不壞了，真的。

最博學的哲學家窮其一生探究的難題，我們在一年裡學會了：怎樣面對死亡。面對死亡，我們必須非常灑脫，也非常用力，放手。如果放不開，難道回得了十七歲嗎？梅艷芳唱了，床前明月光，鏡中月，水中花，地上霜。

張國榮走後，我曾答應報社寫一則相關的哀悼稿子，煩亂數日始終無法成文，一提筆就千頭萬緒地掉淚，我跟編輯抱歉，經過這些年我還是無法面對自殺這事。如今依舊煩亂，但是我懂事多了，因為梅艷芳那樣含笑而逝，令人心折，她還是那樣什麼都不怕，我還是學到了勇氣，這篇文章因此勉強寫了出來，哀歌半首。

〔寫於梅艷芳辭世後一周〕

這一輪太平盛世

還記得七八年前，一片世紀末的風潮之下，華麗與頹廢成為普遍的美學形式。人人都認為二十世紀煙花燦爛，尤其是末尾的二十年昇平榮景，算是個值得慶賀的紀念。因此，世紀末的愁緒是有點哀傷，失落，但又有點耽溺的。

文學上自然也籠罩著這種繁華與蒼涼並存的思維，那是飽滿到了極致但尚未腐朽的前一刻，心態上認為事物的表現已經到了頂峰，一切能做能說的，都做盡了，也說盡了，但未來依舊逼近。在這種氛圍裡，既希望時間從此停止，又對未來充滿好奇與不安，舊的即將完成，但新的註定要來。如果心中有一絲擔憂，那大概是生怕好日子過完，壞日子就要來了。

那幾年，張愛玲的末世觀相當普遍，她本人也在世紀末逼近之時去世，恰恰印證了她在《傳奇》序言裡言及「時代是倉促的，已經在破壞中，還有更大的破壞要來。有一天我們的文明，不論是昇華還是浮華，都要成為過去。」她認為這種恐懼破滅的時代心情，是一種「惘惘的威脅」。

那幾年另外有個辭彙，如今回想也令人戚然：「給下一輪太平盛世的備忘錄」。卡爾維諾對未來文學世界提出五個期許或忠告：「輕、快、準、顯、繁。」適其時網路方興未艾，這些文學價值被認為說中了網路時代的主要特色。

網路的出現令人樂觀遐想，這世界彷彿接近大同的邊緣，眾聲喧譁，脫離肉身與空間桎梏的科技昇華彷彿指日可待。我還記得，當年讀卡爾維諾時，對未來會感到一種從容與蓬勃，彷彿世界充滿了能量和速度。他那本書真是寫於大開大闔的承平時期，帶著開闊大氣。讀著讀著會精神高亢，慶幸自己生於盛世，長於太平。

幾年前光景如此大好，經濟與世道尚未泡沫化，末世之說卻大行其道。盛世裡談衰亡，盡是落英繽紛，金粉遍地。

誰也沒想到，盛世轉眼衰頹，那繁華都來不及享盡，未見絕美新造，就已經開到荼靡了。這時才恍然大悟，一個盛世已活過，原來衰頹是這麼一件不堪的事，蒼涼的時代身影真是寒酸，真是蕭條。大時代的沒落像吹一個好大的泡沫，飄到極高處，撐至極點，就一聲不響破了。

我住處附近有一間頗負盛名的夜店，過去它真是釵光鬢影盛極一時，幾乎每天都有網路公司在此舉行開幕記者會，新產品發表會也是家常便飯。某一天，光天化日下它忽然門戶大開，一群工人正揮汗拆除裝潢，那扇金碧輝煌的門像個未來的巨大的空洞，內部煙塵斑駁。這真是再明白不過了，那最好的也是最壞的時代、那揮霍的輕佻的、無所畏懼的時代，已經過去了。

如今回想當年人人學張愛玲講「還有更大的破壞要來」的惘然時，人人都認為這破壞是個比喻，指的是文化層面的思想或價值。誰也沒想到，這破壞竟是現實的，如假包換的破壞：旱澇、失業、戰亂、疫病。如今我們真的稍稍貼近了張愛玲的亂世經驗，卻被這現實的粗礪刮傷，發不出她那樣悠長的喟嘆。在戰爭和疫病的威脅中求存，帶著口罩搭捷運，一天洗手數十次，實在算不上淒美。

我們還驚嚇著，無法適應這個不太對的時代。

破壞已經來了，我們已經看見。不知道何時我們可以這麼寫：「時代是蓬勃的，已經在完成中，還有更大的完成要來。有一天我們的苦難，不論是恐懼還是傷痛，都要成為過去。」

←
02:19

恍惚的慢板

07:10

從小我就時常恍惚出神。

放暑假的時候，一個人留在大屋裡，前屋後屋都沒有人，我坐在前屋的門檻石階上，背對著世界，往屋子深處看進去，它像一口極深的，蜿蜒的井，它水平的底是黑的，一眼看不透，我看著看著，就恍惚了。

整個屋子黝黑空洞的狀態和我背後院子裡夏日花草的芬芳交錯，形成一種難以言說的甜美

與幽靜。

前院攀著一株比人還高的薔薇，荊棘上開滿了深紅色的花朵，柔軟的花瓣一層一層堆出來，巴掌一樣大，它的香氣又甜又清澈，在陽光下是激烈的，進了屋子就清冽地涼了。

我不必回頭也能感覺到它曲折的，過度曝光的熱情。

我這樣坐著，感到這一明一暗的強大對比，全身被一種孤寂的感覺浸得通透。眼前的屋子有它自己的氣味和聲音，即使空無一人，它仍處於某種期待和歇憩的情緒，我知道它和平日不同，它將自己的心事藏在我熟悉的事物之間，在那些不假思索的秩序之後。我彷彿不再認識這地方，我在發燙的石階上，從一個滾熱芳香的世界往陰涼的核心探去，我既像是朝著已知的事物觀看，也像是窺探一個不屬於我的房間。

此時屋子脫離了經驗，變得十分完整，我無能改變它，連一張散落地上的報紙也比我有更深遠的意義，那些開關無數次的房門離了母親的裙擺和我的小車，就有了更森嚴的防衛和秘密。

無人的屋子是一個已經結束了的故事，我只能張望它，打探它，卻無能改變它。

這樣的恍惚，有一瞬間我以為我已經完全長大了。也許那正是光陰平滑的絲綢起了皺折的剎那，宇宙的心跳停了一下，便以俗世空間的形式，揭露奧妙於我。

在那之後，我越來越容易恍惚，越來越容易感知光陰的軌跡，在它閃現的剎那，豁然感知另一種空間的並存，另一種事物的空洞無法，另一種自己，在另一種可能但從未發生的狀況與關係裡，一種地老天荒的感慨。

恍惚的時候，時間不存在了，某部分的感官變得非常遲鈍，幾乎像失去了那部分的能力，然而某部分又變得比平常敏銳，彷彿它自己終於掀開意識，從腦子的底層探出頭來。

某些恍惚的時候，我會問沒有答案的問題，想起無緣由的小事，我也會想起沒有問題的答案。

有一次，某個秋天的夜裡，夜雨淅淅，微寒，我從山中坐電車進城。

也許是深夜或下雨之故，電車乘客很少，行進也格外緩慢，搖搖晃晃而且燈光昏黃，窗外是看不見的樹叢或山窪裡的土堆，黑黝黝的溼影子。我看見自己映在窗上模糊的影子，雨水不斷滑過，間或有人家的燈光穿過。電車被一股不知名的趨力吸引著前行，車外的雨和黑緩緩搖著它。

這樣的模糊緩慢與昏沈，遠離了世俗的經驗，恍惚宛若一段清冷的夢境。電車每到一站，門嘩地大開，卻沒有人進出，只有站台上青白色的光線隨著冷空氣流進車廂裡來，我聽見細雨打在車廂外似有若無的沙沙聲。門關上後，聲音與光線又消失了，我又在昏黃中搖晃。

車廂裡只有我和一個打盹的老先生，這夢也似的寂寥感覺也就越來越奇特。

我彷彿被這景象魘住，感到異常的困頓，不知不覺也盹著了。

恍惚中我發了奇異的夢，我夢見母親雙手捧著一個閃亮的金盆子，裡頭有熊熊的橘色火焰。我趨前細看，發現燃燒的是我的稿子和照片。那手稿和相片於我而言似乎非常重要，但我不敢違逆母親，只能懷著相當複雜的心情，使盡力氣盯著火焰看，束手無策，任之成灰。

我心裡有極大的苦惱，然後我發現母親的眼淚滴落，我忽然明白那金盆子的沈重與灼燙，我感到深切的愧疚，如此巨大的懊悔令人難以承受。這時我猛地有了某種了悟，非常痛，然後我就驚醒了。

電車還沒抵達下一站，所以這夢也不過數十秒，夢裡經驗的沈重情緒，只不過是剎那之事。

我拼命想記起夢裡的了悟究竟是什麼，卻怎樣也想不起來，彷彿剎那的痛感不過虛幻如夜車窗上倒映的自我，而心頭了悟的明滅不過是雨中的燈火疊過了我的倒影。

不知道為什麼，我在夢裡感到某種相當熟悉的驚怖，是一種大錯已成大勢已去的恐慌，混合在這情緒之內還有無法言說的禁制，不能對這狀況吐露半點遺憾或者怨懟，過往俱已焚毀，而我連自己究竟是氣憤抑或難受也分辨不出。

後來，我和母親講起這段夢，母親只說，胡說，我哪有可能燒妳的東西。

母親的確不可能燒毀我寫的東西。恰恰相反，她甚至連我小學時隨手塗鴉的畫圖寫字本子都留了下來。

真正什麼都不留，隨手扔得乾淨俐落的人是我。到底為什麼會這樣活得毫不眷戀，自己也不明白。依照我的個性，別說是小學的作文，連大學和研究所時寫的東西，論文除外，全丟得一件不剩。在報刊發表的文章剪報，收集也不齊全，胡亂塞進一個大紙袋裡，不再拿出來重看。

我沒有相機，也不喜歡留照片，也沒有個人相本。所有的照片東一張西一張亂塞，有時出版社或報社要個人照，便隨手寄一張交去。

出國去玩的時候照例會拍照，但是這些照片沖洗出來，看過一次之後也懶得整理，整包扔進一只箱子，從此不再翻看。從前使用底片的時候，甚至連送去沖洗都懶，成捲的底片擱了一年，完全忘了裡面留下哪些行蹤，洗出來一看，真正成了往事，更沒必要整理了。偶爾電腦裡照片的檔案搞丟了，也從不感到心疼。

所以大部分的時候，我會忘了旅行的年月日和同行的人。可是會依稀記得風的溼度、樹的姿態、池塘粗糙的石面、教堂的霉味，以及沙灘上日光的反照。

我想我是活著一種對過往的否定態度，也許我根本不想記得。某一次我忽然翻看過去的日記本子，讀到一則紀錄月夜散步的心情，本子裡寫著自己在月光下感到如何平靜。我清楚記得那個晚上的心情，其實我沮喪得繞室疾走，像動物園裡神經質的獅子。後來實在坐不住了，只好半夜裡出門散步，回來之後寫了平靜的月光日記。

如今看來，日記是多麼可笑的謊言。

紙張上歪斜的字明明白白的，洩漏了自己。

我感到了不忍回首的羞愧，當時怯懦的文字在時光的倒影裡變得可笑了。

這種羞愧的心情是在恢復了理智的時候，清醒看見過去的自己是如何蒙昧愚蠢，一篇接著一篇寫出虛矯的話來。寫那段日記的日子我才剛剛體會了人的兇險，但是我軟弱得連寫日記都無能面對這些問題，淨寫些世事美好的空話，也不知道是為了鼓勵自己，抑或是肯定活下去的必要。

後來我輕蔑地扔了那幾本日記。

和時時刻刻逝去的光陰對奕，必然是無法收拾的殘局一場。不斷飛逝錯過的總是我自己，我一點兒也不想挽留那樣的自己。

背對著世界，清醒的時候，我這麼想。

曾經我獨自走過一條熟悉的台北街道，在轉角口我突然恍惚了，這恍惚來得奇特，我駭然以為這是天諭的時刻，然而它一閃，就消逝了。一秒之間我看見全部的天地，我以為我走過了另一條街道，在另一個時辰，是另一個自己，吹著另一種風，迎著另一道日光。

停下來，我想起這個剎那。曾經發生過的，在別處。那樣的恍惚。

我想起來某一年的七月我去了西藏。我到了那裡就立刻病了，整個旅程完全陷入發燒狀態，我對於週遭的人事物都感到朦朧的距離，不時感到混沌和昏亂。這是高山症的症狀，直到我離開了那裡才恢復正常。雖然我依舊照常遊樂、吃喝、逛街、和許多人交談，但是大部分時間都獨自消磨，四處晃盪，像在台北一樣，只是我始終處於半寐半明的恍惚。

整個七月我活得非常模糊，時序紊亂，幾乎像從未發生過，只是一場很長的夢。

豈知幾年後在一個不起眼的台北街角，莫名其妙因為某一種溫度或是日色，某一種溼度，我想起那些若即若離的異國的巷道，我竟然想起西藏。

渾渾噩噩獨自走過的小市場，一隻哈巴狗兒，一張撞球台子，一頭羊的眼神，一灘水窪子，一陣花雨，正午的日照，清真館子的木凳子，一群蒼蠅，紅泥土和酥油燈。我看見走過的自己，我的灰球鞋和沾泥的褲管，還有羅布林卡的園林，鵝黃色的牆，隔牆狗吠。

那些當時不記得，日後也無從想起的時刻，以為徹底從生命中錯過的物質、氣味和聲音，竟然在剎那之間重返，沒有時間順序也沒有空間序位，而是在這個當下，整體全現。石板街道的缺口和陰天池子裡的水光，連下幾天雨之後的泥濘氣味與清涼，正如此時此刻那樣清晰。

若不是我現在正活著過去，便是過去的我已經走過未來。那一刻我感到飄忽的世界，和浮游一般的自己。

我越來越恍惚，然後，我想起了那個七月及其之後的，每一件事。

後來某一天，我在另一個完全不相關的片刻悠悠想起來，電車上的了悟原來是，只有當我不再時時刻刻期待自己完整無缺，我才能夠不再害怕世界，我才能夠時時刻刻使自己成為手捧烈焰的人，能夠凝視過去，為它灼傷淚流，卻毫不後悔。

國家圖書館出版品預行編目資料

恍惚的慢板／柯裕棻 著－－初版.
－－臺北市：大塊文化，2004【民93】
面；　公分.－－(catch；77)

ISBN 986-7600-69-X (平裝)

855　　　　　　　　93014100

LOCUS

LOCUS

LOCUS

L O C U S